风物中国

赵 敞 著

身边的四季

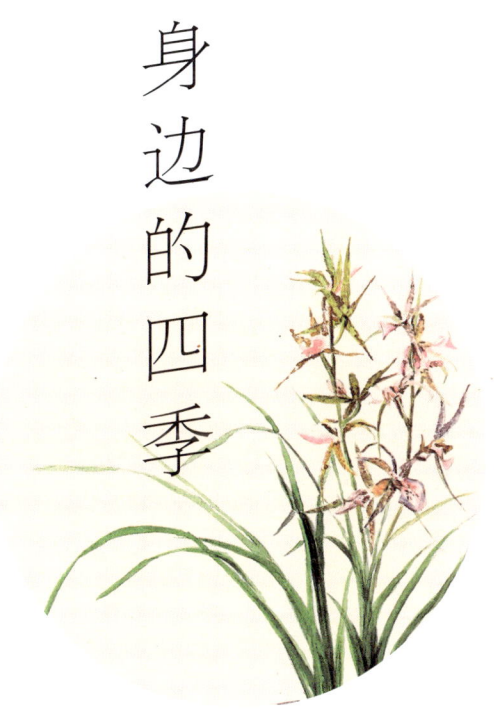

五洲传播出版社

图书在版编目（CIP）数据

身边的四季 / 赵敔著 . -- 北京：五洲传播出版社，2021.6

ISBN 978-7-5085-4368-0

Ⅰ . ①身… Ⅱ . ①赵… Ⅲ . ①散文集 - 中国 - 当代Ⅳ . ①I267

中国版本图书馆 CIP 数据核字 (2020) 第 001800 号

作　　者	赵　敔	
封面插画	罗斐斐	
内文插画	Chrissy	
出 版 人	荆孝敏	
责任编辑	梁　媛	
装帧设计	红方众文　靖　媛　朱丽娜	
出版发行	五洲传播出版社	
地　　址	北京市海淀区北三环中路 31 号生产力大楼 B 座 6 层	
邮　　编	100088	
发行电话	010-82005927，010-82007837	
网　　址	http://www.cicc.org.cn，http://www.thatsbooks.com	
印　　刷	北京市房山腾龙印刷厂	
版　　次	2021 年 6 月第 1 版第 1 次印刷	
开　　本	787mm×1092mm　1/16	
印　　张	13	
字　　数	180 千	
定　　价	68.00 元	

二 · 听夏

三 • 秋实

四 · 冬青

自 序

决定离开北京时，也决定回昆明老家找个有院子的房子。实在是厌倦了从一幢楼房到另一幢楼房，中间用公交车和地铁连接的日子。

在四季分明的北京，季节的变换也不过是通过衣物的增减来感受的，至多不过是背诵着"冬至不端饺子碗，冻掉耳朵没人管""小孩小孩你别馋，过了腊八就是年"这样的谚语，然后吃饺子、喝腊八粥，吃腊八蒜。

隔着玻璃门窗的世界，显得遥远而又模糊，开足空调或者暖气的空间里春夏秋冬的界限被抹杀，连时节的顺序也出现错乱。

很快，我们在城边找到一处带院子的楼房。这是一个面对滇池和西山的老小区，远离市中心、交通不便，临水的房子更免不了潮湿，因此很多人宁愿选择高一些的楼层。

前房主留给我们一院子杂乱的果树和菜蔬，这对年迈的老夫妇，一年有半年在国外享受天伦，剩下半年，又因体力不济而使得院子里的植物处于自由生长的状态。

花了大半年的时间，整顿了院子里的秩序，移除了只长叶不结果的香橼树，清理了玉兰树上缠绕的瓜藤、生命力无比旺盛的竹丛。而蒲公英、鬼针草、马蹄金、三叶草、黄鹌菜依然是见缝插针地生长。

朋友们曾预言，不出一年，院子就会被抛荒，"有一个花开四季的小院，总是敌不过每日劳作的辛苦。"

三年，先生成功转型为一个合格的种植者，从改良土壤到选种育苗、施肥梳果，再到去田间地头请教解惑，让我们的小院四季花开，餐桌上有自产自销的瓜果时蔬。而我也从连绿萝都养不好的"植物杀手"，成了一个植物观察者和记录者。

植物给我打开了一个多姿多彩的世界，每株植物背后都关联着气候、土壤、降水量的变化，都隐藏着某一地域的文化或历史，或者记录着物种的迁徙与融合。每一次的花开花落都是一次生命的礼赞，是一次完整而又惊艳的生命轮回。

与此同时，总会在家里不经意地与某种昆虫不期而遇，也才深切地理解，生物界的相依与共生，而人不过是其中的一个部分。而这一切，或许早在许多年前，已经从某本书或某段影像里了解，直到俯下身去观看身边的事物，才真正明白其中的深义。

　　此后，窗外的日出日落、刮风下雨、电闪雷鸣不再只是关乎外出时的衣着，而是院子里一株花、一棵树、那片新播下的菜籽的生长，关乎花开的颜色、果蔬的收成。

　　从此，日子也一天天过得脚踏实地。

一 · 望 春

昨夜雨疏风骤，浓睡不消残酒。

试问卷帘人，却道海棠依旧。

知否，知否？应是绿肥红瘦！

海棠

　　"昨夜雨疏风骤，浓睡不消残酒。试问卷帘人，却道海棠依旧。知否，知否？应是绿肥红瘦！"文人骚客没少为有"花贵妃"之称的海棠泼洒笔墨，叹花姿艳而不俗，赞花色娇而不奢，但唯有"知否，知否？应是绿肥红瘦！"成为经典。春色、残酒、浓睡对应花季、惆怅、小儿女的娇憨，李清照一首小令，数十字便借春日海棠初开的美艳，将青春少女的小伤感铺陈得淋漓尽致。然而，数十年后经历了动荡、颠沛、生死离别的李清照，一改细腻温婉的文风，写出了"至今思项羽，不肯过江东"的决绝豪气。痛苦的人生历练成就了李清照的大格局。

　　原生于中国的海棠，《诗经》中早有记载，"投我以木瓜，报之以琼琚"一诗中的"木瓜"便是海棠属植物，也开红艳艳的花朵，自古以来都是馈赠佳品伴手礼。不过，中国人对海棠花的青睐始于李唐。王朝的繁盛使得安居乐业的人们有了更多的闲情，春日繁花的娇艳与灿烂催生了"海棠春睡"的典故。(《冷斋夜话》里记载：唐明皇登香亭，召太真妃，于时卯醉未醒，命高力士使侍儿扶掖而至。妃子醉颜残妆，鬓乱钗横，不能再拜。明皇笑曰："岂妃子醉。直海棠睡未足耳！"）海棠与美人从此成为一对固定搭配。"东风袅袅泛崇光，香雾空蒙月转廊。只恐夜深花睡去，故烧高烛照红妆。"连东坡先生面对眼前一片春光时，也不由得用了这个典故。

"春雷响，万物长"的惊蛰时节，一片新绿中，桃花、杏花、李花纷纷跃上枝头，唯海棠独迟。当春花渐次凋谢，海棠枝头才挂上娇艳欲滴、玲珑剔透的小花苞。随着花瓣慢慢张开，最初的艳红渐次褪成粉红、淡红，最终的月牙白花朵透着灵秀与清澈，正所谓"虽艳无俗姿"，最是配得起"花贵妃"的名头。旧时，皇家园林常将玉兰、海棠、牡丹、桂花搭配种植，不仅营造了春夏秋季应时而开的繁华盛景，也为暗合"玉棠富贵"的彩头。"玉棠富贵"花容各异，香气浓淡交织，只有海棠无香。张爱玲就曾叹道："人生三恨：一恨鲥鱼多刺；二恨海棠无香；三恨红楼梦未完。"

多刺的鲥鱼没能抵挡人类对美味的欲求，无香的海棠也被植于庭院以供观赏，可见人们对海棠花的喜爱。"海棠四品"中的垂丝海棠最为极品，簇生的垂丝海棠有着长长的花梗，风起时，盛开的花朵摇曳多姿、玲珑婉转，尤为动人。有人特意将垂丝海棠种在池边，以营造"佳人照碧池"的意境，波光潋滟里美人顾盼流连，这一动一静呼应而成的画面堪称世间美景。"风搅玉皇红世界，日烘青帝紫衣裳。懒无气力仍春醉，睡起精神欲晓妆。"这春日里的慵懒、娇媚令诗人放下"齐家、治国、平天下"的宏大理想，心神荡漾地陶醉于满目春色才不负春光。

"海棠春睡，红楼梦醒"，在花团锦簇、富贵不知天下的大观园里，花草不计其数，梅花、牡丹、桃花、芙蓉……更有一群如花朵朵的年少儿女，一幅唐寅的《海棠春睡图》真正开启了《红楼梦》的篇章。更有后来的"海棠诗社"，众人争作《咏白海棠》，曹雪芹临了还不忘让史湘云抽中海棠签。《红楼梦》里的海棠是作者对女子美好的借喻，也暗示了花样少女最终的宿命，终究是一场闹哄哄、华丽丽的梦。

梁实秋在《群芳小记》里说："一排排西府海棠，高及丈许，而绿鬓朱颜，正在风情万种、春色撩人的阶段，令人有忽逢绝艳之感。"他最为推崇的西府海棠因长于陕西西府而得名，"花苞最艳，开放之后花瓣的正面是粉红色，背面仍是深红，俯仰错落，浓淡有致。海棠的叶子也陪衬得好，嫩绿光亮而细致，给人整个的印象是娇小艳丽。"花开的美好真是见仁见智，好比美丽动人各有千秋的女子。

七八月份，垂丝海棠和西府海棠都会结一种红色的小果，就像一个个小巧玲珑的苹果。苹果与海棠同属蔷薇科，算是近亲了。而贴梗海棠和木瓜海棠则为蔷薇科木瓜属，花色极艳且有淡香，果实紧实、味酸，其中，长阳的"资丘皱皮木瓜"因为有独特的药用价值被列入药典。云南也有这种花色红艳的木瓜，果实肉质紧实但酸得无法入口，腌制成蜜饯极受孩子们的欢迎，或切片晒干取代食用醋是居家烹饪的常备配料。大理出名的木瓜鸡、木瓜鱼就是用木瓜干烹饪而成。木瓜的酸味比食用醋更为丰富，也更有层次。原产南美洲的番木瓜引进中国后，简称木瓜，常与木瓜海棠的果实混为一谈，其实无论种属，还是原产地，二者连远亲都算不上。

艾 蒿

　　外婆包的粽子，是我吃过的最好吃的粽子。长大以后吃过各式各样的粽子，豆沙馅的、鲜肉馅的，甚至海鲜馅的。有一年，赶上端午节去嘉兴出差，吃了五芳斋新鲜肉粽，个大肉多味美，但还是觉得不如外婆的碱水粽。

　　小时候，临近端午，外婆就会带着我去市场买粽叶，用清水泡一天一夜，糯米也在碱水里浸一天一夜。两三片细长的粽叶在外婆手里一卷一折就成了个小巧的斗，泡好的糯米微黄，在青绿色的粽叶里泛着光，又是三两下，小斗成了菱形，再用细麻绳缠绕捆扎，每一下的力道都恰到好处，这样煮熟的粽子既不会散成一锅，又有嚼劲儿。然而，年复一年的观摩也没能让我掌握其中的奥妙，或许根本没有意识到，有一天会吃不到这么好吃的碱水粽子。

　　紧实软糯的粽子放凉后蘸着白糖，满嘴都是糯香甜蜜，淡淡的碱水味抑制了甜和糯的泛滥，让一切都刚刚好。记忆里，碱水粽与艾叶、菖蒲是密不可分的，细长的菖蒲像一把剑，碧绿的艾叶卷曲着，背面的白绒毛让叶子看起来柔软细腻，挂在门框上的菖蒲和艾叶让空气里有了一股特别的气味，这种气味与碱水粽子的味道一起构成记忆深处的端午节。

　　吃粽子的时候，外公会给自己倒一杯雄黄酒，喝到兴致处总要唱几句《断桥》："不顾昼夜奔家园，小青儿手拿三尺剑，杏眼圆睁怒冲天……"此时的白素贞已经喝下了端午之际许仙的那杯雄黄酒，于是蛇形毕露，吓得书生魂飞魄散，才有了盗仙草、水漫金山，最终被镇在雷峰塔下。唱着唱着，外公随手蘸了雄黄酒在我的额头上画一个"王"。外婆说，这一年便平安顺遂了。后来去了杭州，知道断桥并不断、雷峰塔也没有倒掉，当然白娘子的传说还在继续，只是雄黄酒却很少有人喝了。

《诗经》里有"呦呦鹿鸣，食野之苹。我有嘉宾，鼓瑟吹笙。"这里的"苹"即是我们挂在门框上的用以避邪的艾蒿。"叶青色，茎似箸而轻脆，始生香，可生食。"原野青青，远处有正在啃食艾草的鹿发出欢快的鸣叫，而我与友人吹笙欢聚，便也引申出了"一日不见如隔三秋"的成语："彼采艾兮，一日不见，如三岁兮。"除了采艾蒿，也顺带采些葛之类的植物。

农历五月，天气转热，仲夏时节顺阳在上，第一个午日便称为"端阳节"。端午过后，天气逐渐炎热，紧接着夏天便真的来了，闷热、潮湿，大自然中的蚊蝇、细菌也随之繁殖活跃，极易引发疫病，其中包括疟疾。早在东晋就有关于治疗疟疾的数十种中草药处方，青蒿便是其中一种，端午前后的艾蒿是一年中药效最佳的时候。所以，中国人有了端午采艾蒿挂于家门的传统。"艾叶能炙百病"与"手执艾旗招百福"，"悬于门上，以祛毒气"，说的都是艾蒿对于人体防病治病的作用。2015 年，中国科学家屠呦呦获得的诺贝尔生理学或医学奖，就是奖励她在青蒿素降低疟疾患者死亡率方面的发现，这一源于中国古代医典的发现在结合了现代医学的研究后得到了进一步提升，也让世界重新认识了中草药的价值。

闻一多先生考证，端午起源于中国古代南方，是吴越人举行图腾祭的节日，早于屈原投江的时间。战国时，楚国屈原因遭谗言诬陷，被楚怀王流放至沅湘一带。当秦军攻破楚国，屈原悲愤不已，写下《九章·怀沙》，于公元前 278 年的农历五月初五投汨罗江身死。楚国百姓闻讯赶到汨罗江凭吊。为了保全屈大夫的真身，渔夫们就将饭团等食物投入江中，意图让吃饱的鱼虾蟹贝不去侵食他的身体，倒入雄黄酒也是试图药晕各种水怪。饭团慢慢演化成了粽子，从此，赛龙舟、吃粽子、喝雄黄酒也就成了端午节的风俗。

其实，菊科的蒿类植物是一个庞大的家族，除了"端午插艾"的艾蒿外，"蒌蒿满地芦芽短，正是河豚欲上时"里的蒌蒿就是日常餐桌最常见的藜蒿。炒香干、炒腊肉时加入藜蒿杆会混合出一种特殊的香气，滋味独特。

有"绿色缪斯"的苦艾酒曾给海明威、毕加索、梵高、德加带去了太多的灵感，以至于法国政府下令禁绝苦艾酒的时候，苦艾酒的拥趸们说："看在上帝的份上，苦艾酒至少还激发过缪塞的灵感！"苦艾酒就是用中亚苦蒿酿成的。俗称"苦艾"的中亚苦蒿应该是艾蒿家族中身份最为显赫的，中国仅有新疆生长。如今，随着屠呦呦的发现，用于提取青蒿素的黄花蒿被更广泛地知道，人类也将由此重新审视那些其貌不扬的野草。

滇 山 茶

　　用花团锦簇来形容春天盛开的山茶花再准确不过，花型硕大、花瓣重叠、色彩娇艳，有种熙攘的喧哗和欢腾，牡丹、芍药、菊花、樱花也都属于这种类型。相对于这种簇拥的局促和缤纷的喧哗，我更喜欢百合、蜡梅、水仙的婉约和清雅。

　　中学语文课本里曾有篇《茶花赋》，文章是如何托物言志的已经记不大清，唯记得其中说"大理千百家，户户开名花"的盛况。于是，第一次前往大理便急于求证"户户种山茶"的盛况。20世纪80年代的大理古城垂柳依依，石板路蜿蜒曲折，老宅安详静谧。酸模的细碎小花贴着院墙恣意盛开，从街巷漫延到河沟、山间，连片的胭脂红给灰沉的老街巷涂上了一抹亮色，最后漫延到我的记忆深处，成为大理的最初印象。

　　随便推开一扇大理的院门，庭院里总是花草繁茂，但山茶花已不是主角。又过了些年，经历了"疯狂君子兰"的洗礼，大理人家都少不了种几

冷艳争春喜灿然，山茶按谱甲于滇。
树头万朵齐吞火，残雪烧红半个天。

盆兰花。再过些年，老宅院被越来越多的外地人租住，院墙上的酸模销声匿迹，三角梅这样的外来植物大张旗鼓地抢占了地盘，甚至还有不少漂洋过海而来的花卉，以自带的"洋气"获得更多青睐。

说起来，滇山茶的故乡远在高黎贡，但是大理种山茶的历史冠于全省，早在南诏、大理国时期，宫廷和民间就有种植。1500 年的种植史里，滇山茶位居云南八大名花之首，更以品种繁多而傲视天下，所谓"中国名花看云南，云南名花看山茶"，而滇中、滇西、滇南的山茶花又各有千秋。明洪武年间，这朵开在深山的滇山茶被敬献给朝廷，美名才被"外界"所知。随之而来的是各类汗牛充栋的著述、诗文对滇山茶的记述与咏诵。

预备搬新家，园艺师来帮着布局庭园，才知道云南人家的庭院里少不了种一两株山茶，就好像"前榆后柳"是北方人家的标配，此风在滇中和滇西一带更甚。据说，以前昆明松花坝一带的妇女出门前，必到自家庭院摘一朵山茶插于鬓边，就像如今的描眉画彩、配搭饰品，两相比较，插花戴朵似乎更显风雅，而且那时的山茶被叫作"瑞花"，更显祥瑞之意。洞悉我们对山茶花的一无所知，园艺师无意将本土的 106 个种品都展示出来，只让做道简化的选择题："喜欢香的，还是不香的？花色深的还是浅的？"一阵沉默后依然无从作答，于是园艺师自作主张地种了两株山茶花，一株浅且香，另一株深而无味。

两株花一高一矮，一株枝叶繁茂，一株窈窕婷婷，但革质的绿叶总是葱郁得泛着光。刚立秋，叶间已见花蕾含苞，略显寒凉的昆明之冬也没有影响两株山茶的吐纳生长。春节——这个中国人最重视的节日里，山茶花次第绽放，像是特地赶来应和这喜庆的日子。那株高挑的山茶开放时，花朵硕大、色泽艳红，最是贴合时令气氛。翻找明冯时可《滇中茶花记》中的片断："以深红软枝、分心卷瓣者为上。分心：花心离立停匀，卷瓣：瓣片内卷。"对照看，深红、软枝、分心、卷瓣似乎都符合，但又不全能对应"九心十八瓣"的名品"狮子头"，不过，基因显然优良。

冯时可记述云南山茶品种"七十有二"并非夸大，经年的驯化培植，品种又有扩充，以至于全世界的茶花品种中云南山茶占了近一半，欧洲园艺中的山茶花也基本来自云南。

开淡粉色花的那株枝叶茂盛，初秋时节，孕育了两季的花苞已经在绿叶间探头探脑，三三两两并蒂枝头。此时必须进行疏蕾，小而弱的花苞果断清除，单留下饱满圆润的，否则不仅根系营养供应不足，开花时还容易挤挤攘攘难以舒展。绿叶间的花朵越来越大，粉红色也愈发深了，层叠繁茂的花瓣慢慢绽放时，似绢如罗的花瓣卷折出万千仪态，粉色的最深处是一丛鹅黄花蕊。夜晚从旁经过，一阵甜香扑鼻而来，甜而不腻、淡而清雅的香气映衬了万物的静谧。

一树的山茶次第盛放，先开的萎靡成团，垂在树梢，然后悄然凋零。山茶绝不像玉兰、桃花、李杏，一阵风过，满地花瓣，败落时也是整朵落地。

丽江玉峰寺的万朵茶花是滇山茶中的翘楚。某年三月特意跑去看，正当开得最盛的时节，由狮子头和早桃红纠缠长成的万朵茶花果真名不虚传。站在古山茶树下，想着担当的诗句："冷艳争春喜灿然，山茶按谱甲于滇。树头万朵齐吞火，残雪烧红半个天。"这首《山茶花》算不得好诗，

但描摹了红花万朵与雪山连绵相映成画的景象。

最难忘的却是在和顺老宅里的见到的一株山茶，开在百年老宅台阶旁的粉色山茶，被台阶的斑驳衬得更加娇艳。据说，香奈尔小姐最喜欢山茶花，"山茶花有着接近几何圆形的形状，以及完美规律的花瓣所形成的排列顺序。"这正如大师的作品，用简单纯粹的笔触或结构勾勒出优雅与经典的传奇。这株淡粉色的山茶花是年迈的老宅主人在高黎贡的崇山峻岭间采挖的，借居期间正好遇见它首次盛放，大概是从那时起，开始喜欢上了山茶花。

终年常绿的山茶花又被称作耐冬花，或玉茗花。茗是茶叶的古称，可见，同科不同属的山茶与茶树算是植物界的近亲。叶片革质互生、叶脉闭合，呈齿状，这些性状都十分相似。只是茶树花，白色、单瓣、花型小，显得更加淡雅恬静。

"花之最不耐开、一开辄尽者，桂与玉兰是也；花之最能持久、愈开愈盛者，山茶、石榴是也。然石榴之久，犹不及山茶；榴叶经霜即脱，山茶戴雪而荣。则是此花也者，具松柏之骨，挟桃李之姿，历春夏秋冬如一晶，殆草木而神仙者乎？又况种类极多，则浅经以至深红，无一不备。其浅也，如粉如脂，如美人之腮，如酒客之面；其深也，如朱如火，如猩猩之血，如鹤顶之珠。可谓极浅深浓淡之致，而无一毫遗憾者矣。得此花一二本，可抵群花数十本。"李渔以数百字写尽了山茶之美，以及"戴雪而荣"的气节，后来者的溢美之词也都是"画蛇添足"。所添之处，就当是种植者的一点心得吧。

杜 鹃 花

　　中国古代诗人"寄情于山水"时总免不了托物言志，于是，留下了许多吟咏花草的名篇。陶渊明的"采菊东篱下"、周敦颐的《爱莲说》、林靖和的"梅妻鹤子"都成为经典，也成就了文学史上的某种文学意象。作为中国名花之一的杜鹃花当然也不例外，李白、王维、温庭筠等都写过杜鹃花或者以杜鹃花起兴、寄情。以用典著称的李商隐写道："庄生晓梦迷蝴蝶，望帝春心托杜鹃。"一句诗里用了两个典："庄生梦蝶"和"望帝杜鹃"。《成都记》记载，"望帝死，其魂化为鸟，名曰杜鹃，亦曰子规。子规泣血，化为杜鹃花。"春天来临，望帝所化的杜鹃鸟因为思念灭亡的故国发出"不归，不归"的叫声，不断地鸣叫直到泣血，染红了盛开的杜鹃花。唐朝，花与鸟同名杜鹃，在中国古典文学中"杜鹃啼血"的哀怨远强于杜鹃花开映红山峦的浪漫。

　　年少时就写出"离离原上草，一岁一枯荣"的白居易，一生挚爱杜鹃，也写过许多与杜鹃有关的诗作，但即便是"闲折二枝持在手，细看不似人间有"的杜鹃诗作也未能入选他的最佳作品之列，但有人认为，白居易一生的起伏跌宕都与杜鹃花脱不了干系。唐贞元十九年（803 年）春，白居易及弟授校书郎一职，彼时正值杜鹃花开时节，春风得意时，与好友畅想未来也是难免的。几年后，丧母的白居易回乡守孝三年，其间洛阳杜鹃也花开三度。唐元和十年（815 年），结束守孝的白居易仗义执言而遭贬为江州司马，理由竟是，白居易母亲是因赏花时不慎坠井而亡，而他在守孝期间还写赏花和井的诗句有伤孝道，这样的人不配治郡。被贬江州的白居易终日抑郁，治愈他的也是杜鹃。"争奈结根深石底，无因移得到人家"，几经努力，洛阳的杜鹃在江州盛放了。

杜鹃在植物界中有个庞大家族，除了气候炎热的非洲，各大洲都分布有不同种类的杜鹃花。生长于海拔 1500 ~ 4000 米的杜鹃花，中国境内分布了 530 多个品种，西南地区则集中了最多种类的杜鹃花。

欧洲园艺界说："在欧洲，没有一种植物能取代中国常绿杜鹃的地位。"爱丁堡皇家植物园从 19 世纪开始研究和引种杜鹃植物，20 世纪初中国杜鹃和有"植物化石"之称的珙桐被同时引种，爱丁堡植物园成为了目前世界范围杜鹃花品类最齐全的植物园。18 世纪末 19 世纪初，一群被称作"植物猎人"的植物学家和探险家来到中国，采集了大量的植物标本。如果说，丝绸、茶叶、陶瓷构建了西方人对中国的想象，杜鹃和罂粟则改变了欧洲的园林艺术。供职于爱丁堡植物园的英国人乔治·福雷斯先后 7 次来到中国，采集标本 400 种，引种植物 250 种，后因采集杜鹃标本时受伤，最终葬身于云南的高黎贡。同样是来自英国的傅礼士，20 世纪初在高黎贡第一次发现了大树杜鹃。当他意识到这种令他目瞪口呆的大树无法带回国时，竟然雇人砍倒大树，锯下其中一段运回英国。大树杜鹃圆盘在大英博物馆展出时引起轰动。60 年后，另一株有着 500 多年树龄的大树杜鹃被发现，才刷新了"杜鹃树王"的记录。

江西、湖南、湖北和西南各省都有大片的野生杜鹃花林，花开时仿佛红霞落在山间。杜鹃花作为市花绽放在中国东西南北的十几座城市。不过，云南德钦的白马雪山可谓是一座天然的杜鹃花博物馆，从海拔 2600 米到 4000 米分布着樱草杜鹃、大白花杜鹃、云南杜鹃、紫玉盘杜鹃、川滇杜鹃、黄杯杜鹃。每年五月，雪山上的杜鹃渐次开放，是这片高原最美的时节。汪曾祺这样描述他在云南楚雄看到的景象："马缨花干粗如酒杯口，横卧而出，矫健如龙，似欲冲盆飞去。叶略似杜鹃而长，一丛一丛的，相抱如莲花瓣。周围的叶子深绿色，中心则为嫩绿。千端叶较密集，绿叶中开出一簇火红的花。花有点像杜鹃，但花瓣较坚厚，不像杜鹃那样的薄相。花真是红。这是正红，大红。彝族人叫它马缨花是有道理的。"其实，马缨花就是杜鹃花的一种，不过是另一分支罢了。

汉朝《神农本草经》中记载的"羊踯躅"也是杜鹃花别名。据说，羊非常喜欢吃杜鹃花，担心中毒又不愿放弃，于是先尝试着吃叶子，然后在花前驻足徘徊。香格里拉的碧塔海有一著名景观叫作"杜鹃醉鱼"，指的是湖里的重唇鱼贪嘴吃了湖面飘着的杜鹃花瓣，被麻醉后漂浮在湖面的景象。春回大地的五月，清澈的湖面尽是翻着鱼肚皮的重唇鱼，而岸边则是迷醉于樱草杜鹃的游人。

盛开的纯白色花瓣低头垂顺，
满树繁华如落满意欲起飞的白鸽。

鸽 子 花

　　"就是那轻微的风也能把她吹动，仿佛树影里的蝴蝶或展翅的小鸽子。"在西方植物界享有极高声誉，著有《中国，世界园林之母》的威尔逊这样形容他看到的鸽子花。

　　1957年，周恩来在瑞士日内瓦参加会议时，看到了一种美丽的树，心形的绿色树叶间开着白色的花，风吹过，花朵像洁白的鸽子在树叶间翻飞，洁白、轻盈的花瓣像鸽子的双翅，中间深褐色花蕊又像一只眼睛。周恩来好奇地打听树的名字，才知道这美丽的花树来自中国，学名珙桐，俗称鸽子花。回国后，周恩来让园林业部门进行保护与开发。1999年，国务院颁布的国家一级保护植物名单，珙桐赫然在列。

　　被称为"活化石"的珙桐属于1000万年前新生代第三纪的孑遗物种，在地球气温的急剧变化后，仅在中国的西南地区幸存下来。"家在清风雅雨间"的四川雅安荥经县有一片世界上最大的野生珙桐林。俗称鸽子花的珙桐仅一属二科，一种叶片有毛，另一种是光叶珙桐。

十八世纪下半叶至十九世纪上半叶，率先进行工业革命的英国成为世界上少数的富裕国家，经济发展带动了人们对生活品质的更高追求，热爱植物的英国人用花草树木装饰庭园和公共空间，但英国是一个本土植物仅有千余种的国家。一场以英国人为主的波及全球的寻找植物的运动由此开始。一群探险家、植物学家、植物爱好者受雇于不同的机构，从英国、法国、美国等不同国家和地区出发，到达非洲、美洲和亚洲采集植物标本，然后运回国展示并培植，他们被称为"植物猎人"。

1899 年，英国人威尔逊从英国利物浦出发到达美国，然后从旧金山一路辗转到达中国云南思茅（现在的普洱），这里也成为他今后十年间到访过 5 次的地区，而他也因此被称为"中国的威尔逊"，因为他从这里一共带走了 1000 多种植物标本，并写就了那本影响世界园艺史的著作《中国，世界园林之母》。

早在威尔逊到达中国之前，法国神父大卫已经发现了这种令"植物猎人们"欣喜若狂的植物——鸽子花。在思茅打探到相关信息之后，正准备从上海出发，前往四川境内寻找鸽子花树的威尔逊遇到了声势浩大的义和团起义，交通因此中断，他不得不暂时留在上海，等待合适的动身时机。第二年，威尔逊再次启程，从上海走水路到达宜昌，再从那里前往四川巴东。然而，等待他的却是一截被砍伐后所剩的树桩，当地人并不认为门口的这棵鸽子花树有任何不同，早已将树砍伐作为他用。威尔逊失望之余并没有放弃，继续在川鄂一带的山里寻找。一天，被一根树枝绊倒的他，起身时，一抬眼，头顶竟是苦苦寻找了很久的鸽子花树。正值花季的珙桐，洁白的花瓣在风中轻柔飞舞，绿色的心形叶片在光照下碧玉般通透。除了找到鸽子花树，威尔逊此行更大的收获是，发现了鸽子花树的另一科——光叶珙桐。

春末夏初，是鸽子花开花的季节，初开时花瓣呈淡绿色立于枝头，盛开的纯白色花瓣低头垂顺，满树繁花如落满意欲起飞的白鸽，世界上很多国家都将它视为和平的象征之树。处于北温带的欧洲有许多国家都适宜喜阴湿的珙桐生长，鸽子花树也就成了那里的绿化树。中国仅有云南、贵州、湖南、湖北的少数地方适宜鸽子花树生长，昆明植物研究所和梵净山保护区也有少量种植。花季如春天稍纵即逝，枯败的淡褐色花瓣纷纷扬扬，如蝉翼般轻薄。

出跳的鹅黄色花瓣、
如展翅欲飞的鸟儿似的花形、淡淡的草木味
是专属于春天的明媚与喜悦。

金 雀 花

　　一场"贵如油"的春雨之后，南方的菜市场冒出不少花草，有"植物王国"之称的云南也进入了花草盛宴时节。这个季节的云南，主妇的目光早已越过各式时蔬，在各种花草之间流连。在这个"科技改变生活"的时代，当季时蔬可以打破时令界限，但出自大棚的反季节蔬菜始终代替不了山间田野里可食用的花草，而且一旦错过，便要等上一整年。

　　此时的北方"乍暖还寒"，虽已立春，暖气却停不得，春风和煦中突然折返的冷空气，依然不打折扣的寒凉，还好树梢上的一抹新绿令人坚信春的来临。所以，移民到云南的外乡人总是忍不住感慨："北方还没脱下冬衣，云南人已经把各种花草端上餐桌，这是云南最令人留恋的理由之一。"

　　棠梨花、玉荷花、红花、白花、苦刺花、核桃花、芭蕉花、大白杜鹃、枸杞子尖、花椒尖……还有一时叫不上名的各式芽尖、花草散发着草木新鲜的气息，白的、红的、绿的、黄的、浅紫的，可以说，想在一个春季把云南的花草尝个遍几乎不可能。云南菜蔬不仅品种繁多，各地、各民族吃的品种和做法，甚至连叫法都不相同。

新发的芽苞口感鲜嫩，与鸡蛋同炒是最通用的做法。比如，枸杞尖炒鸡蛋，混合着鸡蛋的鲜嫩，枸杞尖的苦味也更加回味悠长。虽说云南的枸杞远不如青海的有名，但鸡蛋枸杞尖在云南却算是一道名菜。再比如，花椒是川菜的灵魂，云南人却用鸡蛋糊套炸花椒尖，春天的滋味裹携着蛋香，是餐桌上颇受欢迎的下酒菜。焦香中隐约的麻酥唤醒沉寂了整个冬天的味觉，只要想到那股特别的香味，唾液便充盈整个口腔。春天的花草里，棠棣花虽然有名字的风雅，味道却是淡出一定的境界。只有将细碎的花瓣与火腿同炒，才体现出作为陪衬食材的妙处。远方来客总要点一道棠棣花，与饭馆流行的茉莉花、玫瑰花相比，单是这个花名就有出其不意的惊喜，味道大抵是可以稍作忽略的。但金雀花却不同，出跳的鹅黄色花瓣、如展翅欲飞鸟儿似的花形，在一堆花草间最是引人注目，淡淡的草木味、脆嫩的口感更是专属于春天的味道。

金雀花也常与鸡蛋同炒或隔水蒸，蛋香和草木味的相互渗透，让香气恰到好处，口感细滑而鲜香。从菜市场买来的金雀花只需用清水稍稍淘洗，去掉花瓣上的浮尘，然后与打散的蛋液拌匀，加入适量的盐和几滴清油，无论炒还是蒸都是一道金灿灿、香喷喷的家常美味。这道菜里的盐量多寡尤其要紧，稍多一点，盐的咸会盖过鲜香，少了又起不到提味的作用。恰到好处的火候则是确保口感细嫩顺滑的关键，咀嚼时的细嫩与紧致、满口的清香便是那"人间四月天"的明媚与喜悦。

又是一年春天，从菜市场满载而归，路经小区的花坛，看到两棵长得低矮的小树，树梢不过拇指那么粗，叶片稀落，不似春暖花开的样子，倒像是深秋时节被寒霜打过。叶片间的小黄花也是发育不良，近旁盛大而香气扑鼻的素馨花更加应衬了它的玲珑。但细小的黄花还是吸引了我，细细辨别，觉得花形与刚买的金雀花十分相似，只是菜市场里的金雀花茁壮得有些傲慢神气。经查证，树上的花也是金雀花，四月间采下花瓣晾干，进了中药铺的药柜里便改名"锦鸡儿"，云南人又它叫"生血草"。《滇南本草》里记载："主补气血痨伤，寒热捞热，咳嗽，妇人白带日久气虚下陷者效。并头晕耳鸣，腰膝酸疼，一切虚痨损伤用之良。或猪肉、笋、鸡煨食。"

英国历史上著名的安茹王朝，自亨利二世开创持，续统治了两个世纪，其间不仅发生了那场始于王权争夺却影响到欧洲格局的玫瑰战争，最终奠定了英国君主立宪体制的《大宪章》也在这一时期签订。传说，亨利二世的父亲喜欢在帽子上别一朵金雀花，于是源自法国的"安茹王朝"便有了"金雀花王朝"的别称。

虽然同叫"金雀花"，云南人吃的金雀花是生长在海拔 2000 米以上的木本植物，而亨利二世父亲佩戴的金雀花应该是原生于新西兰的草本植物。

陟彼南山，言采其蕨。

未见君子，忧心惙惙。

蕨

　　即便在没有雪的南方，冬天也是一年中最萧瑟、最清凉的季节，山里的绿色像加了一层暮色。只有过了惊蛰，植物像是被春天的雷鸣惊醒，开始了新一轮的更迭，新生的叶片鲜嫩得能掐出水，亮汪汪的叫人欣喜莫名。

　　清明时节的祭扫对孩子们来说更像一次郊游，这时，朝阳的坡地处处可见刚冒头的新蕨，像是一个个从土里伸出来的紧握的拳头，高高地举着，新绿上还镶了一圈鹅黄的绒边，阳光一照，又新鲜又可爱。眼尖的孩子总能掐到最多最新鲜的蕨菜。再过一个节气，小拳头似的蕨菜便慢慢张开，长成一片绿色的羽毛，到那时，蕨菜便不再是蕨菜，只能叫作蕨类植物了。

　　蕨在植物世界里是一个特别的存在——处于低等与高等植物过渡层，是不开花也不结果的孢子植物，是早已从地球上消失的恐龙的食物。蕨类植物庞大家族中有两千多种生长在中国，《诗经》里就有关于采蕨的描写："陟彼南山，言采其蕨；未见君子，忧心惙惙。"秋天，女子独自劳作时，望着远处山坡思念情人，回忆里满是春天与君采蕨时的欢娱情景，愈发伤情。沈从文大写过一篇题为《采蕨》的短篇小说，不知是否受此启发，男女主人公在春日的山坡上借采蕨之机抒情、生情，清雅的文字背后是浓烈的情欲，饱胀的男女欢爱，那春色的和煦与勃勃生机，催生了春蕨也生发了浪漫激情。隔着千年的时光，方块文字达成了文化基因的传递与延续，是乡土的、质朴的、清雅的，又是含蓄的。

就像养在家里的铁线蕨，不挑剔土质的成分，只需水分充足，一点点光照就足够羽状叶片的光合作用，不需要费心照料，垂顺而又坚韧的蕨便葱郁婆娑成满满一盆。状似鹿角的附生蕨，少许的腐质土就可以供其生长，挂在一面白墙上，家中立刻有了一番别致的风景。蕨类植物长在山野，成为娇艳花朵的陪衬，用千万姿态烘托主角的光彩，就像人间最动情的欢爱最初也不过是内心里隐约、躲闪的律动。

说回蕨菜，算是中国人最熟悉的一种野菜，从气候温湿的大江南北，到冬季悠长的北方，都有蕨菜可以采摘。新长出来的蕨，在寸许处用手指轻轻一掐，一声脆响后就是一截鲜嫩的山野佳肴。蕨菜长得快，老得也快，从新掐的蕨菜到下锅的这段时间，就又有一段老了，不得不丢弃。用滚水焯掉蕨菜的涩，晾凉，加盐轻轻一揽，几滴酱油、醋、花椒油，再撒上小段的红辣椒，一道色香味俱佳的凉菜就上桌了。嚼在嘴里的满是春天生发的鲜活，来自旷野大地的草木清香，还有暖暖的明媚。吃不完的晒制成干货，经水泡发后切段，与腊肉混炒，也是一道不错的居家小菜。腊肉须是肥瘦兼有的，用热锅逼出肥肉的油脂，再加入有着特殊香气的蕨菜，植物纤维混合着肉食的肥腻，既有咸香又有嚼劲儿。如果再加一把鲜红的干椒，滋味比新鲜凉拌蕨菜浓烈多了。

　　贵州的蕨类植物大概列全国之冠，不仅有大片的侏罗纪活化石桫椤可以观赏，还有许多可食用种类。爱吃的贵州人开发了一种蕨菜的吃法——蕨根粉。这种状似粉条的食材，利用了蕨类富含淀粉的特质，将蕨磨成粉后做成条。炎烈的夏季里，酸辣口味的蕨根粉是一道绝佳的开胃凉菜，似乎为贵州独有。

　　生于春天的蕨，却贯穿了中国人四季的饮食，大抵是专属蕨的殊荣。至于《诗经》中"相思成蕨"的美好，早已随着时代变迁而佚失，采蕨也成了偶得的乐趣。

细碎小花连缀成花柱，
白色花瓣里有紫色花蕊，
被绿色披针叶片衬托的花朵
清淡、娟秀、雅致。

密　蒙　花

　　吃过饭，一行人在寨子里闲逛，被路边的一丛小花吸引。灌木丛中细碎小花连缀成花柱，白色花瓣里有紫色花蕊，有绿色披针叶片衬托的花朵清淡、娟秀、雅致。

　　"这是染饭花，我们刚刚吃的黄米饭就是用它染的。"一旁的秋渡说。家住南糯山的秋渡生长在一个世代以茶为生的傣族大家庭里，是我认识的为数不多的傣家人。世居西双版纳的民族与这片热带雨林相互依存，种植蔬菜也只是晚近的事情，房前屋后的野生植物为他们提供足够丰富的食材，这也使得傣族饮食在云南餐饮的谱系中独具一格。这既是人与自然的相处方式，也是一种高超的生存智慧。

　　可是秋渡说不出春天开花的"染饭花"在植物学里的名字。这种生长在海拔2000米以上喜阳、喜潮湿的植物，并非西双版纳特有，云南南部很多地区都有生长，中国南方的许多省市也都有分布，不过名字却因地而异。小锦花、鸡骨头花、米汤花、羊耳朵花、蒙花树、黄花树……在这些名字里，"密蒙花"这个名字让这种醉鱼草属植物拥有了某种高级的调性，不过，"染饭花"这个名字虽然普通，但又令人过目不忘。在云南，只有傣族人利用它把饭染成好看的柠檬黄，赕佛、节日聚餐和接待重要客人时，染饭花染成的米饭是一道不可或缺的主食。"毫楞"（蒸出来的糯米饭）在傣家饮食中十分常见，但用染饭花做出来的"毫楞"不仅令人食欲大开，还有一股淡淡的植物清香。可以说，"毫楞"是一道被时间加持的美食，制作技艺不算复杂，但每道工序都需要花费足够多的时间。新采的染饭花先被放进甑笼隔水蒸，简单易行的自然蒸馏法可以萃取花草汁液，等密蒙花汁液凉透，将糯米放进去浸泡五六个小时。在时间流逝中，饱吸汁液的糯米从淡黄变到金黄，便可以进行蒸煮了。清新的草木香弥漫在氤氲的空气中，蒸熟的米饭软糯香甜。春天，是采集染饭花的好时节，一时用不完的花枝被悬挂在家中风干储存，在没有染饭花的季节，风干的花枝便能派上用场了。

在傣家人的传说里，染饭花的秘密被发现源于一次偶然事件：正在煮饭的锅里掉进一些花瓣，盖子揭开后是一锅散发着清香气味的黄色米饭。从此，这种被命名为染饭花的植物被代代延续。类似这样的传说在云南很多，比如一片偶然掉进沸腾热水里的树叶煮成了一锅略带苦涩味的汤汁，布朗人喝了以后感觉精神振奋、提神醒脑，从此布朗人成为了远近闻名的种茶能手。绿色是西双版纳这片热带雨林的灵魂，也是生生不息的生命源泉，是贯穿雨林民族的文化源头。

植物染色当然不是傣族专属，广西的壮族和布依族也有利用植物浸染米饭的传统，紫薯藤染的紫米、染饭花染成的黄米、枫叶染成的红米、红蓝草染成的黑米，再加上米饭自身的纯白，一份红、黄、黑、紫、白的五彩饭让每个喜庆和欢快的日子都有了丰沛而又明艳动人的色彩。

除了染饭功能，密蒙花还是不同药典里的一剂具有清热利尿、明目退翳功效的药材。密蒙花全株可入药，花瓣还可以提取芳香油，茎皮的紧韧纤维则是造纸的原材料，难怪傣族不仅有独特的贝叶经制作工艺，传统造纸也十分出色。

待得群芳过后，
一番风露晓妆新。
妖娆艳态，妒风笑月，
长殢东君。

牡 丹

　　初到洛阳，龙门石窟、白马寺当然必到，久经风霜的卢舍那大佛仍丰腴圆润，端坐于石窟正中，威仪不减；白马寺前的白马系着红色绸花，像是刚刚驮回经书，风尘扑面。吃着水席，聊着几天的见闻，当地朋友对我们错过牡丹花节深感遗憾，仿佛错过一年一度的花期，也就错过了这座城市所有的盛景——"三条九陌花时节，万户千车看牡丹"。这盛景自李唐王朝绵延至今。

　　人类对植物的认识从食用和药用价值开始，《神农本草经》里说："牡丹味辛寒，一名鹿韭，一名鼠姑，生山谷。"丹皮（牡丹根部外皮，以白牡丹为最佳）是一味可治血淤病的良药，以四川、安徽产的牡丹最上乘。至于《诗经·溱洧》里描写的："维士与女，伊其相谑，赠之与勺药。"有人认为，这里的芍药指的就是牡丹。因为牡丹花开于谷雨时节，芍药则在 6 月接续而开。牡丹与芍药不仅同属，而且花形相似、花色不分伯仲，可最终一个称

"王"，另一个为"相"，算是中国文化将人间秩序投射于自然界的一个缩影。

喜阳、干爽的牡丹多野生于黄河流域，南北朝已经开始培植。"炀帝辟地二面里为西苑，诏天下进花卉入。易州进二十牡丹，有飞来红、袁家红……"唐人记载，隋朝始建，牡丹也随其他奇花异草入了宫苑。在大唐王朝三百多年的历史中，出现过贞观之治、开元盛世，色彩明艳、花香袭人、花型丰腴、气韵典雅的牡丹与盛世的政治开明、民风开放、经济繁荣最为相宜，上至帝王、官宦，下至士绅、布衣，种植牡丹蔚然成风，一时间，姚黄、魏紫、赵粉……遍及长安城。

诗人们用文字记录下这些人花相映的时刻，其中，有李白描摹的宫闱赏花风情："名花倾国两相欢，常得君王带笑看。解释春风无限恨，沉香亭北倚阑干。"有舒元舆笔下人们对牡丹的狂热："咳唾万金，买此繁华。"有白居易实写的百姓《买花》景象："帝城春欲暮，喧喧车马度。共道牡丹时，相随买花去。贵贱无常价，酬直看花数。灼灼百朵红，戋戋五束素。上张幄幕庇，旁织巴篱护。水洒复泥封，移来色如故。家家习为俗，人人迷不悟。"更多的是，诗人们对牡丹说不尽的喜爱："落尽残红始吐芳，佳名唤作百花王。竟夸天下无双艳，独占人间第一香。""闺中莫妒新妆妇，陌上面惭傅粉郎。昨夜月照深似水，入门唯觉一庭香。"最终，李正封的"国色朝酣酒，天香夜染衣。"让牡丹有了"国色天香"的称号。

《事物纪原》记载："武后诏游后苑，百花俱开，牡丹独迟，遂贬于洛阳。"这段逸事让牡丹被冠以"花王"称号。以花姿花容而论，牡丹与芍药不分伯仲，但敢于抗旨犯上的牡丹被赋予了人格魅力，正所谓"庭前芍药妖无格，池上鞭蕖净少情。唯有牡丹真国色，花开时节动京城。"当然，事实是，武则天偏爱牡丹，引种上苑，唐朝举国上下为之疯狂。诗人舒元舆在《牡丹赋》里写道："……天后叹上苑之有阙，因命移植焉。由此京国牡丹，日月寖盛。"这个为牡丹写赋的第一人这样赞美牡丹："我案花品，此花第一。脱落群类，独占春日。其大盈尺，其香满室。叶如翠羽，拥抱栉比。蕊如金屑，妆饰淑质。玫瑰羞死，芍药自失。夭桃敛迹，秾李惭出。踯躅宵溃，木兰潜逸。朱槿灰心，紫薇屈膝，皆让其先，敢怀愤嫉？"北宋，洛阳牡丹已经完全取代了长安牡丹的地位，也承继了一个时代的审美。连女词人李清照都不禁叹道："待得群芳过后，一番风露晓妆新。妖娆艳态，妒风笑月，长殢东君。"

在"上接《西厢》，下启《红楼》"的《牡丹亭》中，汤显祖着墨"牡丹"之处并不多。牡丹亭是故事发生的背景，牡丹盛放的春日是故事发生的时间，杜丽娘与春香游园之际困乏小憩，于是有了与书生柳梦梅的梦中相遇。在这里，杜丽娘是牡丹的化身，她以年轻的生命诠释了牡丹的艳丽姿色、姣好容颜，更重要的是，她以生命为代价完成了对礼教束缚的抗争，实现了人性绽放。新世纪来临，白先勇先生

的青春版《牡丹亭》重现了这段发生在晚明的爱情故事，更是对中国人青春的纪念。

　　牡丹花期不长，"花开花落二十日"，不过一旬有余，且脆弱易衰。如果说牡丹花型的雍容华贵象征吉祥、繁荣、昌盛，是大唐气象最好的印证，那么晚明的《牡丹亭》则是对张扬人性自由、对生命中短暂青春的歌颂，是盛开在中国文学史中绚烂的春日之花。

鼠　麴　草

　　小区附近开了家滇东南的土特产小店，出售元阳红米、蒙自年糕，豆制品更是不可或缺的招牌食材——豆腐皮、豆腐干、烤豆腐。云南少数民族众多，世居地理也各不相同，坝子和山区物产各有千秋，就算同一座山，住山脚的跟住山腰的吃的东西都不一样。不同海拔、不同气温导致植被生长变化有差别，以至于取之于自然的食材也千差万别。滇菜杂糅而又跳脱，长期以来却只剩下汽锅鸡、过桥米线、野生菌作为代表菜品，豆制品则是滇东南美食的代表。

　　在蒙自年糕旁边有一堆，大小如柿饼的圆饼，草绿色的饼软塌塌地黏成一摞。"这才是真正的鲜花饼。"店主的语气有些傲慢，时下以玫瑰花为馅的"鲜花饼"是最时兴的云南伴手礼，"这是用小黄花的汁液混合糯米面做成的，只有开春这一季才有。"与"鲜花饼"相比，这种饼子显然受限于植物生长规律，而鲜花饼中的玫瑰花馅，因玫瑰花加工成了花酱，保存时间便久了很多。又问小黄花的学名，店里三四个人凑一块儿也没说出个子丑寅卯，只说清明前后漫山遍野都是，绿色的叶子上有一层白霜似的绒毛，伏地生长，有一根长长的花茎，开黄色的小绒花，所以就叫小黄花，清明时节采此花草作饼是一辈辈传下来的习俗。

按店主教的办法，用微波炉加热一分钟，小黄花饼瘫软得没了筋骨，但草木青香十分诱人，咬一口软糯香甜，像是含了一口雨过天晴的明朗与柔软。又试了油炸，满屋是混合了油脂的青草香，表层的糯米遇油多了层硬壳，口感远不如店主用炭火的余温慢慢烤熟的外焦里糯，烟火成就的软糯香脆让人想起乡下过年时围着火塘烤的糍粑。

后来知道小黄花又叫鼠麹草，春雨过后小区的绿化带里也偶尔有几株，毛茸茸的花茎草叶顶着黄色的小花，那种柔软的触感大概专属于煦风拂面的春日。清明前后，江浙朋友快递来一份青团，特别说明是翠沁斋的。清明节脱胎于寒食节，为纪念"割股啖君"的介子推，清明也就延续了不生火，吃冷食的传统，所以有了青团这种冷食。江浙一带的青团也是用鼠麹草汁混合糯米而成，与黄花饼不同的是，青团有馅。咬一口圆融碧绿的外皮，软糯中透着草木淡淡的苦，再一口咬到豆沙馅儿，那微苦便又渗进了甜，一苦一甜在口腔里混合成微妙的味觉体验，这便是顶级青团的高妙之处，一味地苦或者甜到发腻的青团就显得乏味多了。除了杭州的翠沁斋，上海的沈大成、杏花楼，都以能作油绿如玉、糯韧绵软的青团著名。也有的地方用新鲜艾草做青团，"春季采嫩艾做菜食，治一切恶气"，取的是艾叶行气活血的功效。同为清明节期间的美食，有了纪念介子推背景的青团，不仅精致美味，也更多了一层文化含义。相比之下，黄花小饼便有些乡野粗陋了。

日本园艺家柳宗民先生在他的《杂草记》开篇就说，日本每年的 1 月 7 日有喝七草粥的习惯，就是用"春七草"切碎煮成的粥，所谓春七草（水芹、荠菜、繁缕、鼠麴草、稻槎菜、萝卜、芜菁）里面就有春天花坛边最不起眼的鼠麴草。这种传统说起来与中国文化有着扯不断的关联。

中国上古神话里，世间万物是由女娲创造的，农历初一始，她分别造了鸡、狗、猪、羊、牛、马，直到第七天才照着自己的样子用黄土和水造出了人。在年初七的人日，中国人要吃"七宝羹"以除病祛邪。但中国幅员辽阔，各地气候出产差异大，食用"七宝羹"的地区所用菜蔬也有很大区别，除春季时蔬外，有的还会增加一些禽肉。"七宝羹"漂洋过海到了日本，成了公历 1 月 7 日喝"七草粥"的传统，同样寄寓一年无病无灾的心愿。只是来自原野的"杂草"，更加体现人与自然的密切关联。

香 椿

　　年前去城边的农舍摘草莓，看到两棵香椿树还光秃秃的，毫无春天来临的迹象。转天在菜市场竟看到小捆的椿芽在卖，紫红带着绿边的嫩芽用稻草捆扎整齐，价格远高于其他时令蔬菜。云南地势呈北高南低，北边还漫天飞雪，南边已经温暖如夏，即便没有大棚种植技术，也偶尔能提前品尝到不太合时令的蔬菜。立春前后，菜场的摊位上就不断有唐棣花、金雀花、枸杞尖这些踏着春讯而来的菜蔬，那等得"雨前香椿嫩如丝"。

　　香椿和鸡蛋是最经典的搭配，先用滚热的水焯掉香椿的涩味，翡翠般泛着油光的嫩芽也彻底地绿了，切碎与蛋液混合后，倒入热油，奇异的香气顿时升腾而起。饭后，满屋子浓而不腻的香味久久不散，此时要有人从外面进来立刻能猜到中午饭食的内容。刚认字时学过一个口诀：有边读边，无边读中间，后来知道，这完全不能作为学习中国字的捷径，但确有妙趣。比如，木字边加个春字，也念 chun，而这春天发出的嫩枝只限于谷雨前后的一旬之间，之后便迅速地舒展开羽翼般的枝叶，葱荣成庞大的树冠，原本紫红镶绿边的叶脉也成了翠绿色，高大的椿树也就成了盛夏避荫处。芽成了叶，当然就不能吃了。

"上古有大椿者，以八千岁为春，八千岁为秋。"庄子在《逍遥游》里展开无限想象，说天上有能飞上九万里高空的鲲鹏，地上也有活了八千岁的彭祖。于是有了"君著明德，天陈瑞星，会兹鼎盛，荐乃椿龄"的句子，椿年、椿龄也就成了祝寿的雅致用典，不过专指长寿的男性长者。成语中的"椿萱并茂"，椿指代如乔木般高大的父亲，庇佑满堂儿孙；出典于《诗经》"焉得谖草，言树之背"里的堂前萱草指的是母亲。屋后椿树、堂前萱草曾经是中国家庭庭院的植物搭配，"椿萱并茂，兰桂齐芳"描绘的就是父母双全、子孙满堂的大家庭和睦图景。讲究家和万事兴的中国人家，因椿树、萱草、兰花、桂树，满庭绿色葱荣、香气悠然。只是这些对于现代的家居条件来说实在有些奢望，"椿萱并茂，兰桂齐芳"的祝词也就慢慢退出了我们的生活。

祝贺用语被替代，但吃香椿的历史却自汉朝延绵至今。据说，香椿和荔枝作为南北方的两大贡品都极不易保存，杜牧就写道："一骑红尘妃子笑，无人知是荔枝来。"生长于南方的荔枝还可以"一骑红尘""快递"送至长安，香椿却难敌时间的作用，刚从树上摘下来的香椿可以直接食用，味道也最好，稍作停留植物所含的硝酸盐便会转化为亚硝酸盐，这是一种致癌物质。民间则视香椿为发物，可能刺激身体中的某些痼疾复发。尽管如此，人们还是以最大的热情期待这一春天赐予的美味。从市场买回来后，先用滚水焯一下，这样做可以尽量减少香椿里的亚硝酸盐含量，但又不会破坏香椿特有的香气。豆腐香椿就是一对完美的搭配，豆腐的无味最大限度地衬托出了香椿的香。椿芽炒蛋是让植物的香气与蛋白质充分作用融合，气味愈发浓烈，倒不像是春天该有的气味。为了能延长香椿食用周期，油炸香椿便是最好的办法，热油炸过的香椿保存时间很长，一碗素面里滴几滴香椿油，原本寡淡的面条也能让人满口生津。小时候，腐乳腌香椿还是一道家常的小菜，香椿浓烈的气味混合了腐乳后又多了一些咸鲜，在物资匮乏的年代为我们的餐桌增添了许多的滋味。

椿树是高大乔木，采香椿这种工作通常就落在男人或者顽皮男孩的身上，不过，就算身手敏捷的人也要借助一种特别的工具。在竹竿顶端绑把状似镰刀的利器，对准新发的椿芽轻轻一勾，鲜嫩的叶芽就应声入网。即便有了采摘绝技，也忌"赶尽杀绝"，否则就会绝了自己的口福。

有香椿，当然就有臭椿。虽然都带个椿字，也都是长羽状复叶的乔木，极不易分辨，但却分属不同的科。臭椿气味难闻不能当作菜蔬，而且容易招惹一种会散发臭味的虫子，这大概就是所谓的臭味相投吧。不过，云南确有种叫作"臭菜"的植物，其貌不扬，以臭闻名，可臭菜炒蛋却是一道家常菜，闻着臭味可吃着不臭，只是微微有些苦凉。在终年无雪，仅有旱季和雨季的西双版纳，臭菜以清热解毒而备受青睐。

杏　花

　　"树性喜淫者，莫过于杏。"李渔在《闲情偶记》的种植部里把杏树定义成"风流树"，如遇不结果实的杏树，给树系上处子之裙便能果实累累，所以"杏喜淫"。当然，这是个玩笑，或者说李渔只是借此议论两性关系，在"种植部"里这样的议论比比皆是，借花草树藤以言志，议论做人的道理，这也符合中国文学"借物抒怀"的传统。李渔也说，所谓经验并不可信，他也常在芥子园中亲手种植以证真伪。

　　"桃饱人，杏伤人，李子树下埋死人。"桃、李、杏是最普遍的水果，容易栽培的特性，让杏成为没有地域限制的水果。因此，杏有着丰富的种类，原产地新疆就有红杏、油杏、珍珠杏、李广杏，河北的香白杏也是一大分支，不仅肉厚香甜，而且果核里还藏着一枚甜杏仁。

　　秋风起，落叶乔木的杏树叶便纷飞坠落，整个冬天光秃秃的树杆没有了生气。鹅冠红的花苞是一夜之间爬满枝头的，正是"杏靥桃腮俱有腼。

杏靥桃腮俱有腩。

常避孤芳，独斗深浅。

常避孤芳，独斗深浅。"随着花苞的渐次开放，菲薄的花瓣一点点褪去最初的鹅冠红，绽放成月牙白的花朵，豆黄的花蕊点亮了初春的生动，所谓"淡把猩猩血染成，涴池玉雪一生身。"树枝上的花越多，盛夏就越丰产。半旬之间，疾风细雨后花瓣散落一地，枝头还没来得及凋零的花瓣间纷纷冒出豆粒大小的绿色果实，以及新发的嫩绿叶芽。剩下的日子里，果实在绿荫的庇护下慢慢长大，直到有一天，猛一抬头已是满树金黄，一片绿色中煞是醒目——杏熟了。成熟的杏皮薄且有茸毛，像小孩子的脸，黄灿灿的皮毛偶尔透着一点红，更加惹人怜爱。杏肉酸甜、入口绵软，多汁却又不至于咬一口流得满手。

杏坛讲学、杏林圣手，早在春秋战国，杏就在中国文化中有着崇高的地位。传说，孔圣人给弟子讲学就在一片杏林之中，春风乍暖时，弟子席地围坐，夫子传道授业、击掌而歌。虽然有后人考据，"渔父不必有其人，杏坛不必有其地"，但不妨碍"杏坛"成了传道授业解惑的代名词，"真人升去寂无音，徒指空坛说杏林。"汉代又有名医董奉，家中坐诊不收分文，痊愈者只需在董宅周围种植杏树，疑难杂症者五株，轻者一株。很快董宅便被十万余株杏树环抱，"杏林圣手"也就成了对仁医者医术精湛、慈善行德的称赞，"欲识真人千古心，疗饥独有杏成林。"喜阳、抗风寒、寿达百年的杏树也的确与"杏坛""杏林"相匹配，不论是行医、授业都是百年之计。

"零露泫月蕊，温风散晴葩。春工了不睡，连夜开此花。芳心谁剪刻，天质自清华。恼客香有无，弄妆影横斜。"春天，万物复苏、桃杏芳菲，无数文人不吝溢美之词，留下众多诗章。民间更把杨玉环奉为杏花花神，传说是因为玄宗将死于安史之乱的杨贵妃移葬马嵬坡时，正有一片杏花开放。其实，玄宗更合适做这个"花神"，唐代的《羯鼓录》里有一则"羯鼓催花"的故事。玄宗不仅好美女也好乐，某日游别殿见柳杏含苞，于是感慨春日花迟，便命高力士取来羯鼓，作《春光好》一曲并击鼓演奏。曲未尽花已开，像是对玄宗的回应，玄宗大喜："就这一桩奇事，难道不该唤我作老天爷吗？"宋人陈宓有感而发："夭桃太繁媚，清瘦却怜梅。酌此二妙质，为君出奇开。酿作千日酒，高仙下崔嵬。"不论"羯鼓催花"还是马嵬坡前的杏林，巧合也好神旨也罢，杏花都是春色浪漫、娇媚多情的象征。面对无限春光中的灿烂花瓣，诗人们极尽想象也逃不出："杏桃腮杨柳纤腰""艳杏红芳透粉肌""拔头次弟吐香腮"这类比喻，在男性话语的古代文学中，都不可避免地由歌咏春色滑向一刻千金的春宵。"活色生香第一流，手中移得近青楼。谁知艳性终相负，乱向春风笑不休。"可怜杏花从此披上暧昧不明的香艳色彩，直到清人李渔为它定下了"风流"之名。"清明时节雨纷纷，路上行人欲断魂。借问酒家何处有？牧童遥指杏花村。"幸好还有杜牧用"杏花"为细雨纷纷的清明时节涂上了一层暖意。

七月到外高加索一带旅行，正好赶上高加索杏成熟，高加索三国，连同海峡对面的土耳其随处都有便宜又美味的杏出售。这种杏个大皮薄、肉质厚实、甜度适中。此时，新疆一带的光皮李广杏也正值成熟期，大小更像同属的李子。

亚洲是杏的原乡。其中，古老的亚美尼亚对杏的感情是最为深厚的，他们的三色国旗上最底部就是杏色，他们将杏加工成杏脯、杏汁，包括杏味的伏特加酒。而亚美尼亚最古老乐器都都克，就是用上佳的杏树根雕刻而成，这种传统乐器形似中国的箫，但声音更加圆融、低沉而又婉转动听。

玉 兰 花

　　"世无玉树，请以此花当之。"李渔说人们可能错把玉兰花当成玉树种植了。李渔的时代，"玉树临风"的男子一定有的，可玉树却是一个传说。其实，遥远的非洲就有一种被称为"玉树"的植物——通体松花绿的圆叶片，植株饱满厚实挺直屹立，属于现在流行种植的多肉类植物。玉树也开花，花形小而浅白，并不引人注目。而玉兰花是野生于长江流域的落叶乔木，经千年培植，如今已开遍大江南北，成为中国园林的主要植物之一。又因为花开时正值早春，有了望春、应春、迎春、玉春堂的别称，其中玉兰花的叫法流传最广。同为木兰属的辛夷花有着与玉兰难分彼此的花形与花色，两者难免混淆，何况还有了王维的一首《辛夷坞》，不过"木笔花"的名声似乎更胜一筹。

　　院子里的玉兰树是前房主留下的，搬家时已至秋凉时节，但仍是绿荫蓬勃，半月后，树叶间多了些楔子形花苞。天气渐冷，树叶纷纷脱落最终剩下满树花苞，毛茸茸的直立于枝头。立春后气温转暖，楔形花苞悄然炸裂，缝隙间透出一抹紫色，一天天过去，紫色花蕾终于破壳绽放，阳光中有着崭新的鲜活与水嫩。不经意间，满树花苞都绽放了，像是裹了华丽丽却不喧嚣的紫色锦缎，优雅高贵。这时，白花玉兰也开了，如白衣飘飘的美人恬静清新，自带清高孤傲的气质；杂交的二乔玉兰，白中透粉的花瓣染上一层娇羞。屈原君不仅用辛夷花枝装点过湘夫人的门楣，他笔下的山鬼在山峦叠翠的温湿楚国，不再是一身素白袍子，披红挂绿的女鬼竟不显过分堆砌。我觉得，屈原未必是想象诡谲，而是南方地理与物产给他以灵感，成就了古典文学中的这笔丰厚遗产。

　　第一次到北京正值初春，南池子的红墙外开满了白色玉兰，红与白对撞成醒目画面，有摄影师端着相机不停地按动快门。心想，就这么几朵花也值得煞费苦心地拍摄。直到有了北方的生活经验，才明白经过苍茫沉寂的漫长寒冬，任何一抹昭示春天的色彩都值得热泪盈眶。

　　"花之白者尽多，皆有叶色相乱，此则不叶而花，与梅同致。千千万蕊，尽放一时，殊盛事也。但绝盛之事，有时变为恨事。众花之开，无不忌雨，而此花尤甚。一树好花，止须一宿微雨，尽皆变色，又觉腐烂可憎，较之无花，更为乏趣。群花开谢以时，谢者既谢，开者犹开，此则一败俱败，半瓣不留。"李渔把玉兰绽放写成倾城盛事，还不忘感叹花开花落的寥落与惨淡。在阳光甚好的高原，花与叶也有相遇的一刻，新发的绿叶带

着初生的清亮，让未及凋零的花朵相互陪衬，比起满树繁花的盛景多了些层次与变化。尤其是疾风过后，满地落红，树上与地上互为呼应成可以入画的景致。只是，赏花与品茶一样，各花入各眼，心境与时间都是不可或缺的因素。好比王维那首《辛夷坞》："木末芙蓉花，山中发红萼。涧户寂无人，纷纷开且落。"被人们解读为诗人抒发内心落寞。倒是陶渊明真的放下，真的锄地、采菊、望山、戴月而归，字里行间是田园的恬淡与从容，但深藏了更大的情怀与视野。

滇地自古偏居一隅，历史上没出过什么大知识分子，唐诗宋词里更是集体缺席。一本《滇南本草》实录云南植物，没有寄情山水，没有花前月下，直指草木的药用价值。兰茂记载，玉兰可以入药、祛寒、胃寒疼，特别提到"或可治鼻炎"。不过，只有望春玉兰、武当玉兰的花蕾才能入药。倒是清人关于玉兰花瓣的食用方法引人遐想："拖面麻油煎食，极佳，或蜜浸亦可"。玉兰花瓣肉质厚实，油煎蜜浸未必能较好地保存食材的口感与味道，"玉兰花瓣氽肉汤"的做法似乎更为可取。只是面对娇艳粉嫩的花瓣难免心生怜惜，"落花化泥"应该是最好的结局。

竹

　　一场淋漓透彻的春雨过后，冬天育下的竹笋纷纷从地里冒了出来。翠色的箨带着微微扎手的绒毛层叠交错，包裹着娇嫩如水的笋肉，一根根尖利地刺破土层，这是蛰伏了一整个冬天的饱满，也是春天才有的崭新与生机。再有几场雨，竹丛里就会多出许多竹笋，长不过数尺、粗如手指时拔回来，一层层地剥去坚硬刺手的箨，剩下鹅黄中夹带新绿的笋肉。竹节中褪去鹅黄的部分已经老了，笋也长成了竹子，正所谓"笋因落箨方成竹"。剥好的笋不即刻烹饪就会变成嚼不动的纤维，勉强留下也没了笋的细嫩与鲜美。实在想要留着下顿再吃，需得切成块或者丝，用滚水焯过冷却后放入冰箱冷藏，便能保住原有的鲜味。可见，植物也有自己的生命周期，离开土地了也没有停止生长。

　　春笋不如冬笋肉质厚实，但少些涩味，切片或丝与肉同炒，鲜笋与肉脂相互成就了一道专属于春天的味道，"腌笃鲜"就是这一搭配的经典代表，也就是江南人才能把这滋味发挥到极致。春笋的新鲜，咸肉与五花肉的咸香，加以葱段、黄酒和少许盐调味，这清香鲜美的滋味错过了就又要等一年。除了腌笃鲜，雪菜冬笋炒肉片、笋丁豌豆炒肉末、油焖笋、水芹炒笋、笋烧鸡、雪菜冬笋肉末火腿豆腐羹……说起笋，吃货攒着一长串的菜谱。

笋的繁体写法是竹字头加个"旬"，《说文解字》解释：筍，竹胎也。也就是说，笋是竹的胚胎，望文生义，大概也说明了竹的生长状态，一旬之间已是"瞻彼淇奥，绿竹猗猗。有匪君子，如切如磋，如琢如磨。"

《诗经》这部中国最早的诗歌总集里，绿竹已经是谦谦君子的代表——学问精湛、品德良善、心怀宽广、仪表不凡。白居易更是在《养竹记》里将竹的本、性、心、节四大特点，与君子的树德、立身、体道、立志相对应，稳固了"竹君子"在中国文化中的地位，竹之四性也正好对应了儒家文化追求的"修身、齐家、治国、平天下"。从魏晋的"竹林七贤"、北宋墨竹大师文同的"胸有成竹"，到清代郑板桥的《竹石图》，正所谓，"冗繁削尽留清瘦，画到生时是熟时"。竹子这种非花非树的禾草类植物，与中国人的关系真是密不可分，既位列"岁寒三友"，又跻身"花中四君子"，最终，东坡先生的"宁可食无肉，不可居无竹"成了雅居环境的示训，平民布衣或可以没有君子德才，但也要伴居于虚怀若谷的竹子之间。喜湿热的竹子生长繁衍之迅速，稍不约束就会漫延成"海"，所以中国有很多著名的竹海，比如蜀南、吉安、赤水、三峡、益阳、双溪、耒阳等。

科学史家李约瑟在《中国科技史》中更称中国是"竹文明"的国度，因为竹贯穿了中国人生活的方方面面。精神层面上"劲节风霜日，平生忠义心"，文同、苏东坡、郑板桥用墨竹表达了对竹君子的景仰。"德者，性之端也，乐者，德之华也，金石丝竹，乐之器也。"中国古典乐器中的笛、箫、笙、筝、竽都是丝竹乐器的代表，所谓"丝不如竹"，更道出了丝竹乐器音质的高妙。竹根雕塑也是中国人精神世界里一个独特的部分，以竹根造型为基础，幻化出实用、观赏、把玩相结合的器物，与木质相比，竹子独有的肌理与坚固的质地都让竹雕器物拥有与众不同的清雅气质。原产于中国的竹子，种类繁多，常见的水竹和毛竹是上好的食材，但水竹良好的韧性又是最佳的制造材料。慈竹与斑竹则能制成上好的家居器物，尤其斑竹特有的纹理更受青睐。质地坚硬的楠竹可作竹篱与防护网，竹乐器要选用紫竹，傣家竹楼则用龙竹打造。苦竹不仅可以入药，成材后做成的伞柄历久弥新。早园竹、慈孝竹、凤尾竹都以观赏性取胜，其中金镶玉竹尤其珍贵。

中国人爱吃竹笋却十分普遍，云南住干栏式竹楼的傣族人会将鲜笋做成酸笋——一种有着特殊气味的腌制食品，酸中带点发酵后的浓烈气味，不喜欢的人掩鼻不及，可一旦突破味蕾极限，无不大快朵颐，甚至成"瘾"，这算得傣家菜肴的独特风味之一。

瞻彼淇奥，绿竹猗猗。

有匪君子，如切如磋，如琢如磨。

桑之未落，其叶沃若。

于嗟鸠兮，无食桑葚。

桑　葚

　　小区旁边有一条不宽的河，河边种了一排桑树，一种喜湿润的植物。桑树慢慢长大，枝繁叶茂加上波光潋滟便成了都市里一道难得的风景。

　　经过整个冬天，立春的暖风一吹，矜贵的春雨一洒，枝头便冒出黄白色的小花——桑树花开了。这时，小区里的冬樱花、玉兰花、迎春花、素馨花，你来我往、争香斗艳，鲜有人注意到水边的桑树和它枝头的细碎小花朵。说没人留意也是不对的，因为邻居大妈就在某天清晨提着一个小篮子出了门，打算摘些桑树花的。"那花用开水一焯，放油锅里，加点火腿或者豆豉翻炒几下就可以起锅。"大妈站在暮春的桑树下说。

　　再过一段日子，桑树花蕊开始冒出桑果的芽。花老了，褪变成了果，这是大多数植物的生长规律。

　　四月，市场上出售的时鲜水果里便有桑葚。一堆深紫红小果粒簇拥成形似蚕蛹的果肉，味微甜，夹杂着点酸，放到嘴里似有若无的味道，远不如菠萝、芒果之类热带水果来得浓烈。吃完了总是落得一嘴的乌黑，连同舌头和牙齿也不能幸免，就算再小心，伸出一双像染了墨汁的手也就大白于天下。清水加皂液，一连洗上两三天才能慢慢褪去。透明塑料盒子装着的桑葚，果实饱满，还散发着幽蓝色光泽，如蓝色蚕宝宝似的挤搡着，总让人忍不住多看几眼。

眼看桑树上的"蚕宝宝"，白里透青中还渗出了一丝莓红，生涩干硬的果肉也开始因为汁液的充盈而饱满晶莹。河边桑树下开始聚集人群，他们手里提着各式各样的袋子和筐，仰头寻找着开始成熟的果实，达到鼎盛期还需要些时日。

摘桑葚的大妈管桑葚叫"马桑"，大概是桑葚在某个地区的别称。"我不骗你，多吃点马桑对身体好。"然后，大妈热情地介绍起储存桑葚的办法：用淡盐水泡几分钟，然后一层果一层糖装好，放到冰箱里，能吃整个夏天。当然，关键是，吃了马桑，年逾七旬的大妈从不起夜。

"桑葚子，味甘、酸。益肾脏而固精，久服黑发明目。"大妈的观点在兰茂的《滇南本草》里找到了理论依据。"益肾脏"是不是就是中国人常说的，吃什么补什么？桑葚的样子与人体的肾器官还真有几分相似。

这当然只是我的瞎猜乱想，但的确有个旧同事，酷爱桑葚。有一次，我俩去澳门出差，路过街边的水果摊，在一堆令人眼花缭乱的热带水果里，她单挑桑葚，回到宾馆，我俩面对面坐着一言不发，她吃完了一盒桑葚，我吃完一斤山竹才觉心满意足。看着她白净透亮的脸上一张乌黑的嘴，十分不解，她只说："我就爱吃桑葚，可惜这东西只能吃一季。"现在想来，她那吹弹可破的皮肤大抵也有桑葚的功劳吧。

兰茂还给了一个长寿丹方：桑葚子同覆盆子共捣成饼，晒干为末，各（四两），共（八两）茯苓（乳汁炙晒干为末八两）山药（乳汁浸晒干为末四两）共和一处，炼蜜为丸，每丸二钱。清早服一丸，开水送下。此丸治男子精寒，妇人血虚，老年无子，其功不小。或欲火烧身，已成痨症，无不效应。

实在没兴趣加入到越来越浩荡的采桑队伍，就顺便在菜市场买了一盒。市场里的桑葚个大饱满远甚于小区水边长的，但吃到嘴里，果肉有股陈旧味，也不是甜中带酸，甜度更是十分可疑，于是果断扔了。后来听大妈说，市场出售的桑葚都是经过人为加工的，有底线的商贩，会在果实上的撒一层糖水，更差的就用糖精代替。桑葚极娇贵，放得稍久便会长出一层细细的白毛，更经不起糖水的浸泡，难怪吃到嘴里不仅甜得可疑，而且肉质有种腐坏前的绵软。

天越来越热，树上的果实也被采得差不多了，只剩些终是僵在熟与未熟之间，青中带红的小果子还挂在树枝上，不受待见。体力和行动力都拼不过年轻人的大妈心有不甘，她想再到桑树边看看是否能捡点漏。结果遇到了一个中年女人正在采桑叶，说是熬水洗头能让头发变得浓密黑亮。我在一旁想，从某种角度说，人类才是世间万物的天地，这原本是蚕蛹的美食，现在也都落到了人的手里。

城里的桑葚要再等一年才又成熟，而气温低些的山里，却正是采桑葚的好时节。

香港紫荆

　　香港紫荆是种令人过目难忘的花。这种春天有艳丽、硕大花朵开放的高大乔木，学名叫作"羊蹄甲"。紫荆的叶片形状与羊蹄相似，香港紫荆花由两种羊蹄甲杂交而成，开紫红色的花，又叫红花羊蹄甲。1880年，一位神父第一次见到紫荆花，喜欢之余将其移种到香港伯大尼修道院。1908年被判定为新物种，因为首次在香港发现，命名为香港紫荆，1965年确定为香港市花。

　　那年，在滇南建水一个叫团山的古村落见到了一种与香港紫荆花形非常相似的花。白花开在村口的高大乔木上，远远看去，像是树上罩了一层迷蒙的白纱，走近才发现花心呈淡淡的红，像肤若凝脂的姑娘脸上的一抹腮红，盎然的青春里多了一丝娇羞。风吹过，花落到地上，村里的孩子捡起放进竹筐，"大白花可以做菜吃。"孩子一边捡，一边回答着我这个外乡人的疑问，头也不抬。这时，树下水井旁有妇女正在淘洗的就是这种花朵。

这花着实眼熟，花形与淡淡的香气也有些熟悉，却又想不起名字。村民们异口同声地说，这是大白花。

这么好看的花，如果插进一只天青色的梅瓶里，那粉白带红的花瓣与天青色的淡雅最为相宜。在这里，大白花却只是春天的一道佳肴：洗净后，与韭菜、土豆这些寻常蔬菜同炒或者煮汤，据说口感嫩滑而又清香。吃不完的放进冰箱冷冻，解冻后虽不如春天新生的鲜嫩，但一样清爽香郁，一年中不知在多少次家宴上救过主妇们的场。想象不出烟火浸染过的花朵是什么味道，还是把它留给天青色的梅瓶吧。

再次见到"大白花"是在普洱的一个小村庄,山路尽头有一眼碧绿的泉,当地朋友指着泉边的一排乔木说:"春天,树上会开一种白色的花,远看像一层云雾,走近了白雾里透着淡淡的红。"泉边繁花落尽的树上,翠绿的蹄状树叶间垂挂着豆角形果实。同行中有植物爱好者,肯定地说这是"白花羊蹄甲",云南北回归线附近常见的植物,与香港洋紫荆同属,是洋紫荆的变种。云南羊蹄甲、丽江羊蹄甲、元江羊蹄甲、滇南羊蹄甲,从海拔 400 米左右的河谷到 2000 米左右的山地都有分布,有的地方又叫玉荷花。羊蹄甲或长成挺直粗壮的乔木,或矮化成灌木,也有藤蔓状的攀附在房前屋后。除了作成时蔬菜肴,有些地区的药物志里也把它当作清热败火的良药。

"风吹紫荆树,色与春庭暮。花落辞故枝,风回返无处。骨肉恩书重,漂泊难相遇。犹有泪成河,经天复东注。"杜甫在这首《得舍弟消息》中感慨,虽然兄弟情谊重,却就像暮春时节被风吹过的紫荆树,花朵零落,四下漂泊不知何处相逢。杜甫一生的轨迹集中于黄河流域和四川一带,应该没有见过洋紫荆,他诗中的紫荆花是原产于中国,主要分布在黄河以北的豆科紫荆。清华的校花就是豆科紫荆,校服以及其他相关物品也以紫色为主。先花后叶的紫荆花,早春时节小如豆状的紫花贴树梗而开,开花的树枝像一根紫色荆条,得名紫荆。香港回归时,洋紫荆定为特区区花,并沿用了紫荆花的花名。"红花羊蹄甲"的确不像花名,紫荆花就更深入人心了。

南北朝时期的《续齐谐记》里记载了一个关于紫荆花的故事。传说,南朝三兄弟分家时,把所有财产都分置妥当,单剩院中一棵紫荆不知如何分配。三人讨论后决定，将树均分三份，每人各持一段以示公平。结果，第二天前去砍树，发现正值花期的紫荆花树一夜之间花朵枯萎凋零殆尽。"人不如木也。"三兄弟不再分家，从此和睦相处。可见，杜甫的《得舍弟消息》便是沿用了这一象征。

二 · 听 夏

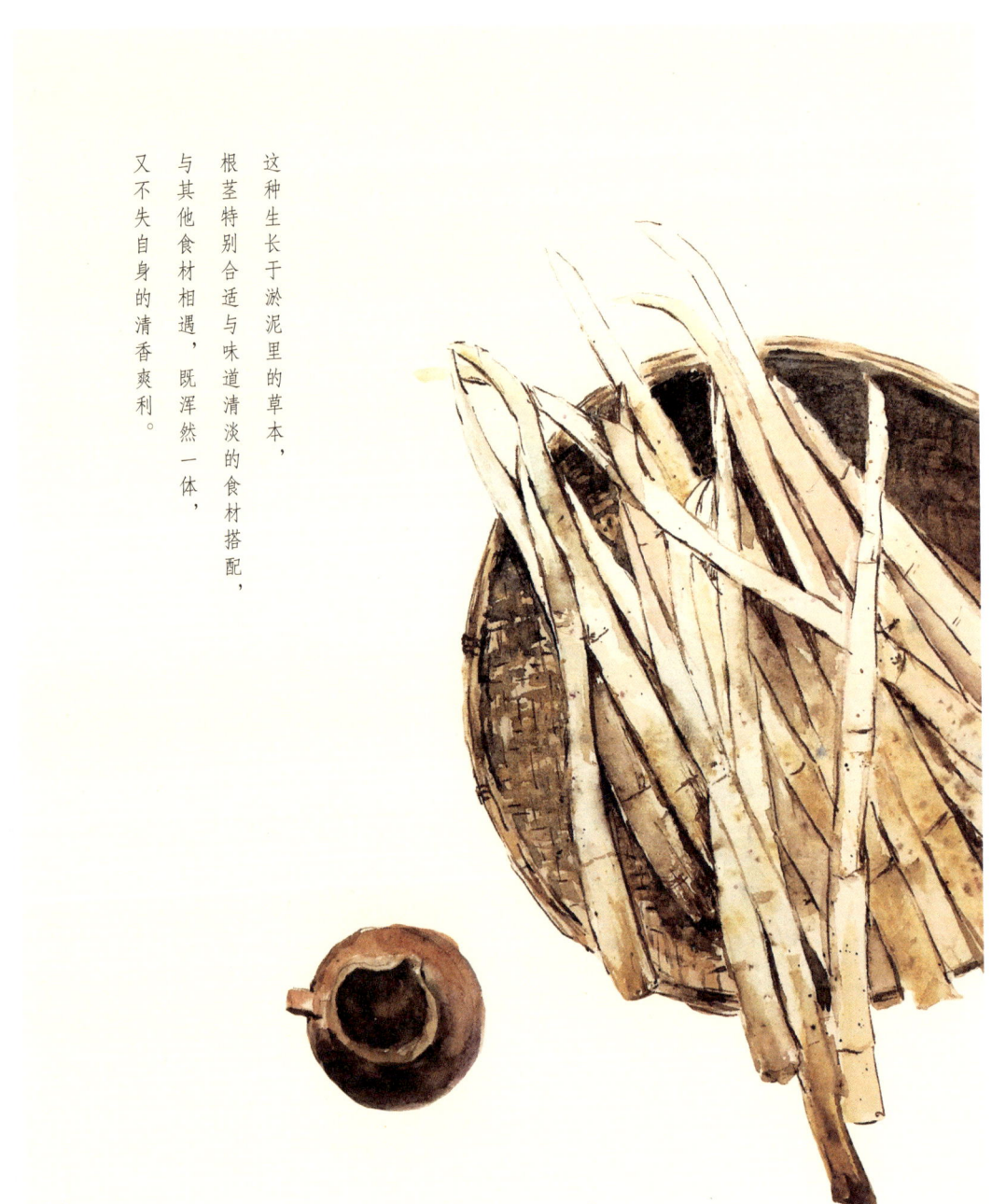

这种生长于淤泥里的草本，根茎特别合适与味道清淡的食材搭配，与其他食材相遇，既浑然一体，又不失自身的清香爽利。

草　芽

　　烧豆腐之于建水人是离不了的口腹之欲，西门、大板井、烧豆腐已然是建水的关键词，但草芽才是他们心底轻易不示人的珍爱。蒸、炒、炖、煮、凉拌无一不可，荤素均可搭配，远方来客、婚丧嫁娶、逢年过节的筵席上草芽不可或缺。更有人说，没有草芽的过桥米线都算不得正宗，其实离开红河州的过桥米线只算得是"山寨版"。

　　草芽又叫象牙菜，仅出产于红河地区的某些县市，比如个旧、蒙自、建水，其中以建水草芽为上乘。切成小段的白嫩草芽与青翠的葱花漂浮在过桥米线那碗热腾腾的鸡汤上，汤汁入口多了份清爽恬淡。第一次吃草芽尚在年少。那时内心渴望远方与大海，繁华与喧闹，是有着不可知未来的年纪，草芽在嘴里实在寡淡无味，比不得川菜或者湘菜的浓烈和够劲。

　　再到建水，每餐依然少不了草芽：草芽汽锅鸡、清炒草芽、凉拌草芽、肉丝炒草芽，清清白白的草芽流连于唇齿之间，或香郁或爽脆，这才明白了草芽的好。这种生长于淤泥里的草本，根茎特别合适与味道清淡的食材搭配，与其他食材相遇，既浑然一体，又不失自身的清香爽利。年少气盛时最难了然清淡的奥妙，尝尽天下五味后，日愈沉重的肉身只有清淡最相宜，连同味觉也渴求最本真的滋味。

怀着对草芽的好感与好奇，请求去看草芽田。据说，草芽种植面积十分有限，建水也只有一百多亩的水田可以出产，以老护城河河边红庙村的五六十亩水田的草芽品质最佳，而紧邻的村子竟不出产草芽，这也着实令人费解。站在护城河边，草芽树绿油油地连成一片，更远处的民居和山峦退为这片绿色的背景，天高云淡下的田地里有男人弓身作业，当地人称为"摸草芽"。一米多高的草芽树深根淤泥之中，为了找出能成为餐桌佳肴的那段根茎，劳作者需在泥地里反复摸索。一周左右草芽便可成熟，所以四季都有草芽可"摸"，6～9月的盛产期更是每天都可以下田"摸草芽"。一年四季，劳作者穿连体皮裤，戴胶皮手套作业，但仍难抵泥地里的寒凉。

一脚踏上水田之间的埂，便不住晃动，原来，这里的田埂不是用泥土夯实的，而一层层草芽树堆叠而成，在松软的草芽埂上身体自然难以平衡。

"把脚掌横过来走，步子迈小一些。"熟悉草芽埂的人提示。

不远处，"摸草芽"的农户站在田里，一手握把锋利的小刀，一手夹着根香烟，冷眼看着这队人马。后来才知道，从清朝开始他的祖辈便在这片田里种草芽，如今他靠着这门营生过活。只见他俯身下去，将一株成熟的草芽连根拔起，挥刀斩断多余的枝蔓，嫩草芽撇进一旁的铝盆，多余的草芽树扔到草芽埂上。一连串动作行云流水，一气呵成。蹲下身与他聊天：

"据说，只有你们建水能长这么好的草芽。"原以为是不错的开场白，结果他头也不抬继续手里的工作，"有水的地方都能长草芽，重要的是管理。"气语和神情都是笃定。一棵草芽树仅有根部很小的一截可以食用，太嫩味道不足，老的要留待长成新的草芽树，去与留全凭伸到淤泥里的手感，这种经验被他称作"管理"。曾经有公司投资百余万元研究草芽的生长和保鲜，可一旦离开这片田地都以失败告终。建水人不仅守住了这份祖辈留下的产业，也守住了一份新鲜。农户第二天赶早去集市出售，草芽被送到昆明，甚至更远的城市。

"草芽见风老。"离开时买了些草芽带回昆明，第二天从冰箱里取出的草芽已经开始干瘪，遂又放回水里，才渐渐舒展，水生植物自然离不开水的养护，口感却无可挽回地老了。这么矜贵的食材当然舍不得扔了，必须物尽其用，洗净切段用盐轻揽，加生抽、辣椒稍加腌制，一道美味爽利的凉菜就上桌了，味道是比不上鸡汤氽草芽。鸡汤也最好用建水紫陶的汽锅烹制而成，草芽的鲜甜清爽是这一锅浓郁鸡汤的点睛之笔。

有趣的是，"淡而不薄"的淮扬菜里有一道蒲菜与草芽十分相似，不过蒲菜取的是根以上呈扇形的嫩茎。有六百多年建城史的建水，除了少数民族原住民，还有不少屯军或移民，其中不乏江淮鲁湖广的移民，所以民居样式、生活方式、饮食起居多与诸地相通也就不奇怪了。

地涌金莲

　　祖上镶黄旗的杨兄，年过五旬携妻移居滇地，作为朋友当然要前往祝贺乔迁。为了享受高原阳光，夫妻俩寻得城边一处小区，独门小院里种着各类果蔬花卉，确保每日餐桌上的新鲜时蔬不重样，百香果、石榴、蔷薇、滇山茶、波斯菊一样也不能少，"诗和远方"算是圆满了。种花弄草本是闲适生活的内容之一，只是他在每日读书著作的窗下种了一株地涌金莲，多少让我有些意外。这种喜阳的草本植物原生于云南，算是滇地特有物种，西双版纳的佛寺和民居庭园里最为常见，像许多因为特殊形状或者气味而被赋予文化内涵的野生植物一样，地涌金莲与荷花、文殊兰、黄姜花、鸡蛋花、缅桂花在佛教中并称"六花"，而菩提树、高榕、贝叶棕、槟榔和糖棕并称的"五树"，同为南传佛教佛寺的标配植物。

　　第一次看到地涌金莲就是在景洪大佛寺里，外形与倒悬的芭蕉花有几分相似，只是一个立于地上，另一个挂在树间。后来知道，地涌金莲同为芭蕉科，与芭蕉花算是"近亲"，只是以结果实为己任的芭蕉花，颜值就朴实多了。

地涌金莲的植株通常不超过一米，层层叠叠的叶片包裹成螺旋状粗壮的根茎，植物学上称作假茎，意思是，作为草本植物的地涌金莲并不具有真正意义上的根茎，不过是包裹紧实的叶片枯萎后形成了假根茎而已。假茎上，叶片堆叠成尖塔，每一轮有六枚金色的叶片，由下而上层叠绽放如旱地莲花。叶片从黄绿色渐变成金黄，至深红的叶尖，真正的花朵则包藏在叶脉之间，每两三朵相簇而开，小而精致，流溢着迷人的甜香。同称为"莲"，出淤泥而不染的莲花晨开暮闭，花期仅3个月，地涌地莲的花期却长达280天，叶片色彩艳泽、硕大，花香清甜，更显隽永，又被称为"千叶宝莲"。《楞严经》中说：尔时世尊顶放百宝无畏光明，光中出生千叶宝莲，有化如来，结跏趺坐，宣说神咒。

云南蜿蜒的山水间，原生着许多"地涌金莲"这样的奇异植物，与山

间众多风俗不同的原住民相伴而生。在全民信仰南传佛教的西双版纳，地涌金莲是佛寺里"五树六花"之一。傣族民间文学里，"地涌金莲"也常作为善良的化身出现。在几百公里之外的彝族聚居地楚雄，地涌金莲却是当地人用作喂养家禽的饲料。久居滇中的兰茂则在《滇南本草》里记载，地涌金莲之花可入药，具收敛止血的功效。

我与杨兄开玩笑，说他特地在家里种了一株"猪饲料"观赏，却忘记了他作为清朝宫廷戏曲专家的身份。

《地涌金莲》是清宫戏里的一出大戏，是皇帝、太后专享的庆寿昆腔曲目——表现西方诸神在如来佛祖的带领下为大清皇帝庆寿的故事。作为开场剧目，内容并不复杂，但是仅有承德避暑山庄、紫禁城宁寿宫内的畅音阁，还有颐和园里的颐乐殿内的三座大戏台可以演出。戏台分别由福台、禄台、寿台组成，后面还有上下两层，前台的福禄寿台与后面的上下两层之间由隔扇和塔垛分隔连接。当颂扬曲唱完后，如来佛祖颂念：

'恭逢圣主万寿圣诞，庆洽天人，今日来临，献此《地涌金莲》以庆帝道遐昌，皇图永回，众菩萨就此叩贺。'这时底层戏台就会涌现五朵硕大莲花，每朵莲花上坐着一尊菩萨，从地井徐徐升起，同时，众神仙纷纷向戏台对面的皇帝、太后叩头行礼。"

杨兄说，此前他始终认为所谓的"地涌金莲"不过是写作者为烘托气氛而臆造的场景，直到亲眼得见，世上果真有从地底涌放的金莲花，且香气袭人，"怎能不亲自种植一株，见它日日绽放呢。"

海　菜

"海菜花，开白花，爱洗澡的小娃娃。"（云南儿歌）

云南人大抵都是吃过海菜的，饭店门口偶尔会有一捆捆碧绿水灵的海菜，根根均匀细长，像是切丝后齐整排放的海带，只是顶上多了一朵白色小花。新打捞的海菜可炒可煮，也可凉拌，最常见的做法是与芋头同煮，一碗热气腾腾的"白玉翡翠汤"很受欢迎。最先是青青白白的"色"，然后是带着水生植物的清新气味，芋头的软糯和海菜的爽利在口腔中混杂出的丰富层次。洱海边的人家更喜欢用海菜做成一道凉菜，先用滚开的热水焯掉海菜的生气，晾凉切丝盛在白瓷碗中，用盐、醋、花椒油将碧绿清透的海菜丝腌一会儿，撒上红辣椒和绿葱花，红红绿绿，嚼在嘴里爽脆生津，那种特别的鲜香好比将带晨露的青草含在嘴里。云南人的餐桌上，海菜汤或者凉拌海菜都是家居的日常饮食，算是就地取材，入不了宴也上不得席。物质不够丰沛的年月，云南人家都有一个酢罐，相当于四川的泡菜坛子，

海菜花，开白花，
爱洗澡的小娃娃。

只是做酢的食材范围更广。从萝卜、茄子、青白苦菜到排骨、肉类都可以做成酢，包括海菜，腌制好的酢既可以单独成菜，也可以作为配料，无所不用其极。

无意间逛到城边一处公园，见水渠里漂着一些绿色的带状植物，好奇地打量。这种与海带质地十分相似的水生植物，长约两三米，在透彻清亮的水中曲折摆动，随着徐缓的水流漂漂浮浮、逶迤婀娜。顶上的白色小花露出水面，绢绸质地的花瓣簇拥着鹅黄色的花蕊，在水面上有凌波仙子的飘然灵动。此时，正好有阳光撒在水面上、照在花瓣上，最终穿透溪水，映照出一个清澈的水下世界。找了个当地人讨教这种好看植物的名字，"海菜啊！"语气里透着小小的骄傲和得意。因为水体污染，很多水域都不再有海菜生长，吃过海菜的云南人，却也不认得水中的海菜了。

海菜这种多年生绿藻类植物，尤喜暖温清澈的水域，云南的气候环境简直就是它的生长天堂。清代有个叫吴其濬的官员，先后在十多个省做过官，他在《植物名实图考》中说"海菜生云南水中"，应该有失偏颇，但应该是中国特有。以前，滇池、杞麓湖、异龙湖、洱海、剑湖里都有生长，水体污染严重后，很多地方不再有海菜生长。年长一些的云南人都还记得每年 5～6 月，白色的海菜花漂浮在水面上，湖面就像覆盖了鲜花的地毯，柔软、灵动、宽阔，自然的妙笔很难被画家重现。

有一届青年歌手大奖赛上，一对彝族姐弟的"海菜腔"赢得了原生态唱法大奖，引发了小小的轰动。云南石屏海菜腔早已以"海上唱的腔"闻名，可惜年轻人嫌弃这种唱法土气，都只学流行歌曲去了。"水有源头树有根，山歌无本句句真。人活世上要勤快，粗茶淡饭过人生。"作为云南的世居民族，彝族有非常多的分支，服饰、语言的差异更是明显，生活在异龙湖边的彝族以打鱼为生，在广阔的湖面撒下网时，便会唱一曲婉转悠长的"海菜腔"。学者们从不同的角度考据海菜腔的命名，从人文地理的角度说，海菜腔受这种水生植物的启发——空灵的转音，悠长、飘浮、婉转，像水中的海菜。一代代的石屏人通过海菜腔传授知识、经验，抒发人生感悟。

"生不丢来死不丢，抓把泥巴捏条牛。牛儿拴在田埂边，牛儿吃草妹才丢。"像所有的民歌曲调一样，海菜腔也是男女青年传情达意的媒介，"生不丢来死不丢，抓把冷饭放石头。冷饭放在石头上，冷饭发芽哥才丢。"泥牛吃草、米饭发芽，生长出灵秀梦幻的海菜花的异龙湖，也生长出想象奇诡的彝族人，所谓一方水土养一方人。

海菜从濒危到易危，惊现泸沽湖面的海菜花就是证明。在夏季明媚灼目的高原阳光下，平静如镜面的碧蓝湖面，白色娟秀的海菜花星星点点，被游人的镜头竞相追逐，"走婚花"也成了海菜花的别名。

曼陀罗

　　春天扦插下的曼陀罗，三四个月竟长成了近一米高的小灌木，连同长出来的新枝，看上去好大一蓬。5月，巴掌大的叶片间开始冒出花苞——楔子形蓬蓬松松的样子。嫩绿的外皮包裹着透明黏稠的汁液，汁液中藏着一枚娇嫩的花瓣，等花瓣挣破这层薄薄的"茧"，就会绽放成淡粉色的喇叭状花朵。再过半个月，满树的曼陀罗花便会像裙裾飞扬、舞步蹁跹的美人，在夜风轻拂下散发着袭人迷醉的香气。

　　在大理古城一家由民居改造成的客栈里第一次见到盛开的曼陀罗，坐在有老树、花草、水塘环绕的阳光房里，看着阳光下身姿摇曳、妖媚却不矫饰的曼陀罗，时光舒缓静谧，有着自在的从容。那时起就梦想在自家的庭院也种一株曼陀罗，用这恣意盛放迎接每位到访的客人。朋友知道这个想法后说，在他滇西北的老家，漫山遍野都开着这种花，被当地人叫作"狗核桃"。心中疑惑，这曼妙的花朵怎么有个又土又丑的名字？后来在山里见到过草本曼陀罗，这种结出核桃状硬壳果实的植物浑身带刺，朋友找来的黑芝麻似的曼陀罗种子就包裹在这些硬壳里，"狗核桃"这个名字的确很形象。

观赏性的曼陀罗并不娇贵，扦插即活。客栈主人慷慨相赠，鲜切的曼陀罗枝条用一捧泥土护着，从四百公里外的大理辗转到昆明，插在院子的红土里，很快就蓬勃成院子里最茂盛的一株。都说富含铁、铝氧化物的酸性红土最不宜种植花草，但这条经验并不适用于曼陀罗。

曼陀罗是世界上最易生长的植物之一，尤其是草本曼陀罗，不分南北

皆能生长。红、黄两色，单瓣、重瓣，植物种子随风散去，所到之处都能茂盛生长。有一年在斯里兰卡旅行，清晨在山间旅馆的庭院散步，意外遇见一株重瓣曼陀罗，丁香紫的花瓣在清晨迷雾中尤其妖魅诡谲。

曼陀罗花妖魅诡谲的印象大概与曼陀罗花有毒的理论相关，准确地说，曼陀罗全株都有致幻作用。听朋友说，小时候在山里玩时，曾经因为"狗核桃"的气味昏迷，低龄儿童对植物香气尤其缺少抵抗力，虽然短暂昏迷并没有造成严重后果，但他至今不敢靠近这种植物。当无毒木本的曼陀罗作为观赏植物成为家庭园艺新宠时，还是难免引来周遭的恐慌。"神医"华佗和"药圣"李时珍早已发现曼陀罗所具有的麻醉作用。华佗，这位中国历史上最早的外科大夫手术时所用的麻沸散，据说就是以曼陀罗为主要成分。可惜，他在狱中所写的《青囊经》手稿毁于狱卒老婆的一把火，从此用麻沸散完成的外科手术也就成了一个传说。李时珍这样记录过曼陀罗酒的功效："笑采酿酒饮令人笑，舞采酿酒饮令人舞，任人戏之。"还说，他亲自品尝过曼陀罗酒，大概有过饮后笑之舞之，或者亦笑亦舞的经历。以科学的眼光来看，"笑采"或"舞采"只是采集人当时的采集状态，并不会改变植物分子结构，当然也不会导致饮后的不同状态，唯一有可能的是酿酒方子的异同，没了方子，这酒后的"笑"与"舞"便也成了一则轶闻，给后人留下足够的想象空间。江湖流传最广的蒙汗药里，曼陀罗也是主要材料，经过《水浒传》的演义和推广，这一剂麻醉药成了行走江湖的标配。

热爱魏晋文化的老友，听说我种了一株曼陀罗，笑称他有一份传自魏晋的方子要秘传与我，里面就有曼陀罗的成分。竹林七贤的风范与文章都与药和酒脱不了干系，但是药方里是否真有曼陀罗也是存疑，或许方子只是个传说。当然，他要与我分享的并非方子，而是他所仰慕的魏晋文章里的"清峻、通脱、华丽、壮大"与竹林七贤的飘逸、散脱和放浪。

缅 桂 花

　　缅桂花开在我的童年记忆里。那时，父母在一个边远县城的医院里做医生，家属院里有棵缅桂花树，树冠高大，终年绿叶繁茂。夏天，修长的树叶间缀满白色纺锤状小花。晚饭后，小孩子在院子里围着树疯跑嬉闹，大人们则三五成群地坐在树下闲聊，风一吹花香弥漫，随着晚风进到各家各户。女人们不甘心任由花在树上含苞、盛放，直至枯萎，于是就有身手敏捷的叔叔爬到树上把花苞小心摘下，然后分给各家各户。

　　没来得及开放的缅桂花被做成一个个小巧的花瓶，那是童年夏天的一桩盛事。瓶子必须是透明的、形状好看的那种，之前里面装的是药水或者药片，废物利用的瓶子被清洗消毒后，新摘的缅桂花苞被排列整齐地装进去，再用清水注满缝隙，最后用蜡封住瓶口。接下去的一整年里，花苞始终会像它最初的样子——洁白、椭圆、含羞。这些装在瓶子里的花朵，点缀着家居，给乏味的日常增加了些许的乐趣，那沁人心脾的香气从盛夏延绵到叶落花败的冬季。有时，母亲会取出这些浸没在水里的花朵，让它们在冬天里舒展，散发好闻的香味，再慢慢变黄枯萎。或许，女人们用这种方法慰藉她们如花的容颜，精心呵护的不只是一枚未开的花苞，也是她们如花的岁月。缅桂花有长达半年的花期，在植物界也算是长盛不衰，一旦离开枝头便迅速枯萎。那些年，母亲对于存放缅桂花这件事乐此不疲，待来年，家里必添一瓶新的缅桂花，以至于家里总有一排长长的缅桂花瓶。

除了用这种原始方法储存鲜花，夏天，女人们的胸前都会佩戴一朵小而白的缅桂花，用棉线把花朵串成串，系在衣襟的扣眼里，花香随着她们的走动四下飘散，与古代的步摇异曲同工。入夜，细心的女人便摘下没来得及枯萎的花朵，放进盛满清水的碗里，清水养护的花儿第二天依然饱满清丽地出现在她们的胸前。花朵是从花瓣最细嫩的顶端处变黄的，然后起皱直到枯萎，香味也逐渐消散殆尽。枝头摘下的花苞是像娇羞的少女，将自己紧紧地卷着，盛开时则恣意张扬，革质纤细的花瓣盛放时万千妩媚，香气也最浓郁，像极了女人的一生——从含蓄拘谨到恣意张扬。

佩戴缅桂花在云南算是一种传统，夏天的街头，一两块钱就能买一串缅桂花，一根棉线串着五六七八朵白色的小花，玲珑有致、香气袭人。有小贩穿梭在行车道上，利用红灯亮汽车暂停的间隙，将花串递进开放的车窗里，挂一串在车里，开动时花香一路。也有卖茉莉花串的，茉莉花小，香味也淡雅许多，在那个不知香水为何物的年代，算是最好的芳香剂了。

据说，缅桂花瓣可以做菜，裹蛋液面粉过油炸，这也是云南人对许多可食用花卉的处置方式，不算新鲜，可不知道味道有没有新鲜之处。还有

人把花瓣代茶泡饮，估计这香气比茉莉花茶更甚，不是什么人都消受得起。

　　缅桂花除了观赏，也作为香料植物栽培。白兰花香型就是从缅桂花提取的。20世纪80年代蓝色小铁盒装的白雀羚雪花膏就是这种香型。那个年代，"闻香"是识不了中国女人的，不论年龄地域几乎只有一种香味。

　　缅桂花喜阳喜湿，西南的生长环境算是得天独厚，所以开得十分盛大。听说，成都人和上海人也有佩戴缅桂花的习惯，不过，成都人叫它黄角兰，上海人叫的最科学，白兰花是这种木兰科含笑属植物的学名。缅桂花是云南的叫法，也许云南人最早是从缅甸人那里知道的这种植物，花香又似桂花，便得了这么个别名。

　　街头开始有缅桂花买，夏天就开始了。

早春二月，万物才从冬藏状态中缓缓醒来，阳春三月的脚步刚咚咚敲响大地，攀枝花就已经开满枝头。

攀 枝 花

　　我的记忆里，收藏着滇西南一座村子的山水和花木，那是座偏远的村庄——距离省城六七百公里，省级地图上都没有标注。这段记忆定格成一幅油画：山坡上有座炊烟缭绕的农家院落，清澈小河从门口逶迤而过。坡头有棵老树，高大、挺直、迎风矗立，枝头恣意绽放的火红花朵让老树像只熊熊燃烧的火炬，树下站着穿红衣裙的小姑娘，正在望向村口的道路尽头。那个小红点便是我，画面里的老屋就是当年的家。

　　画面中的山水花草给了我最初的审美启蒙，后来，我偏爱百合、玉兰、含笑、蜡梅，而不是重瓣娇俏的樱花、牡丹、茉莉，大概就是源自对花卉最初的认识。

　　坐落在澜沧江支流河谷地带的小村庄，终年炎烈，盛产甘蔗、芭蕉这类热带作物，除了攀枝花，这里最多的就是坚硬的剑麻和浑身长刺的仙人掌。相当一段时间里，我固执地以为，这种热烈绽放至死不改颜色的攀枝花是我们村子的特产。事实当然不是这样，不过华南地区改名为木棉花，这或许与广东人曾用木棉果壳里的絮状物充当棉絮有关，至今木棉花依然是南方航空公司和广州电视台的标志物。总之，这个错误的观念直到第一次在广州见到木棉花才被改正，即便全国人民都在背诵舒婷的《致橡树》——"不，这些都不够！我必须是你近旁的一株木棉，作为树的形象和你站在一起。"我都把这棵橡树近旁的木棉当成另一种植物，而不是我熟悉的、开满红色花朵的攀枝花树。

好像只有西南人把它叫作攀枝花，有一种说法是因攀枝花的树干太高，花朵攀上枝头才开放而得名，"攀枝花"的确形象地描述了花开的状态。四川境内就有个地方叫攀枝花，这也是长大以后从地理课本里面学到的。虽然，攀枝花市与云南省毗邻，但对它的访问却是较晚些时候的事情。那是源自一次滇西北的自驾旅行，结束了泸沽湖的旅行后，一行人不想走回头路，于是驱车至攀枝花，从那里绕道返回昆明。

20世纪90年代中期的攀枝花是一座令人乏味的城市，这一点完全不像这个地名能给人浪漫想象。据说，20世纪50年代初地质学家在这里发现了巨型矿产，但不知道这座小村子的名字，只好在考察报告里描述：这里有七户人家和一棵大树。这棵大树便是攀枝花树，这座因矿产资源而设立的城市因此命名为攀枝花，这座城市也因钢铁企业而兴盛。90年代中期的攀枝花市，街头林立着各种歌厅、洗头屋、宾馆和饭店，却没有一棵攀枝花树，闪烁的霓虹灯和熙攘的人流背后是荷尔蒙的恣意和激情，大量外来人口的涌入愈发让它面目模糊。据说，如今的攀枝花早已换新颜，每年早春时节，便满城攀枝花绽放，烈焰如火。

攀枝花属于先花后叶的植物，而我对它的另一个误解是，这是一种在盛夏开花的植物，这些热情似火的红色花瓣给了我某种错误暗示，加上热带地区的四季本来就含糊成雨季和旱季。实际上，攀枝花算是春天到来的预示者，早春二月，万物才从冬藏状态中缓缓醒来，阳春三月的脚步刚咚咚敲响大地，攀枝花就已经开满枝头。远远地，一片绿荫中跳跃着一团团醒目的红，绽开的花朵簇拥着黄色花蕊饱满圆润，凋谢后落在地上的花朵也绝不枯萎褪色，铺成一条红色地毯。攀枝花又称作英雄花，清人陈恭尹这样赞美它："覆之如铃仰如爵，赤瓣熊熊星有角。浓须大面好英雄，壮气高冠何落落。"好一副横刀立马、无人可挡的关二爷形象，也写出了木棉花的壮丽气势，如此看来，这种热带植物还是称作"英雄花"最为贴切。

三 角 梅

　　搬家时，注意到门口有截碗口粗的树桩，想是遇极寒天气冻死了。老树桩的根极深，挖是挖不动的，只能由它杵在那儿。春天来了，枯树桩竟有新枝冒出来，可总不见有花啊果啊的，只是日愈青葱繁茂地开枝散叶，花了些心思观察才确定是云南各处都有种植的三角梅。眼见邻居家三角梅都纷纷开花，浓密的绿叶间红的白的粉的紫的闹闹腾腾，门口这株虽是枯木逢春，却没有半分开花的意思。

　　汪曾祺在一篇写云南植物的文章里提到过三角梅，称它为叶子花，"叶子花的紫，紫得很特别，不像丁香，不像紫藤，也不像玫瑰，它就是它自己那样的紫。"可见紫色三角梅的紫很特别，汪老先生也不知道该如何形容。云南人把这种紫称作"春花色"，该是最生动、最准确的。一个"春"字，既有新生发的盎然，又带着寒冬过后猛烈的喧哗。先生还写道："叶子花夏天开花。但在我的印象里，它好像一年到头都开，老开着，没有见它枯萎凋谢过。大概它自己觉得不过是叶子，就随便开开吧。"确实，喜光的三角梅只要光照足够常绿常花，而且不需要特别费心就能长得苗壮，这种并非云南的本土植物这些年倒成了云南的常见植物，除了最北的香格里拉，好像到处都有三角梅。喜欢种花养草的闺蜜说，"只要有三角梅的地方就是家。"

在西班牙旅行，从巴塞罗那跑去参观建在达利故乡的达利博物馆，然后又坐了几个小时的长途车到了卡达克斯，这里距离达利故乡几十公里，因为达利在这里渡过了生命的最后时光而知名。一下车，迎面撞见地中海常见的白色民居，白色墙体上爬满红色三角梅，蓝天、白墙、红花这种熟悉的陌生感，疏解了几个小时前被达利才华震撼到麻木的感官，这个种满三角梅的地中海小镇令人倍感亲切。

印象里，第一次见到三角梅是在滇东南的一个小公园里，借着三角梅极好的攀缘性实现了庭园里的植物造型，加之开花时恣意昂然，使得鲜有游人的公园并不显冷清。那时的母亲正值韶华，照片上的我们在紫色三角梅的拱门下笑靥如花，全然不知去路的陡峭与坎坷。那是个自以为是的年龄，擅自将三角梅误认作"紫罗兰"，只因为它开紫色的花。其实三角梅除了紫，还有红橙黄白粉色，品种又分斑叶、重苞、双色、塔式，这些都是花了很长时间才知道的。

有年在大理朋友家里小住，受托帮她在家门口种了两棵三角梅，想象三角梅终会沿门楣攀升，最终形成一个繁花似锦的门拱。女孩子心里都有个优雅、神秘的紫色梦，紫花与灰墙形成的强弱色彩关系也十分协调。再

叶子花的紫，紫得很特别，不像丁香，不像紫藤，也不像玫瑰，它就是它自己那样的紫。

去时，因长时间无人照管，喜光、易活的三角梅竟已夭折。不过我因此知道"三角梅"这个相对正式的名字。那时，三角梅已经在大理普及起来。印象里，大理古城民居的石墙和河沟里长满了酸模，一种多年生草本植物，叶片与花都不大，一丛丛地嵌在石墙的缝里，开花时古城的小街巷像被朝霞染红，那种淡红色毫不张扬地在古城的民居老宅、河沟、街巷间漫延。那是只属于大理人的大理时代，街道上行人极少，一岁一枯荣的红色小花点染着恬淡的日常生活。现在偶尔在古城某些偏僻的角落还能见到酸模，本地人对这种植物熟视无睹，连它的名字也显得语焉不详，倒是三角梅这类的外来植物被人津津乐道。

不止大理，云南除了气温较低的北部，其他地方都盛开着这种原产于巴西的植物，红土高原穿透力极强的太阳非常适宜三角梅生长，于是有种三角梅常开不败的错觉。深秋，三角梅的花瓣落在地上，像铺就了一层厚厚的紫色地毯，随着颜色慢慢褪去，轻薄如纸的花瓣愈发吹弹可破。

花开花落本就是自然法则，没人可以逃过这一规则。

竹节般的枝干上，

修长、纤细的绿色叶片陪衬着正在盛开的石斛花，

黛紫、鹅黄、月白，娇艳繁茂。

石　斛

　　母亲重病时有人送来石斛粉，据说长期服用可以缓解病情。碾成粉末状的石斛以毫克为单位分装成小包，看上去十分矜贵的样子，精致的包装袋上印着绿色图案和制药机构的名称，这些都说明来历的正当和权威。说明书上写道：从铁皮石斛中萃取的多糖、生物碱、菲类等有效成分，抑止肿瘤细胞功效良好。

　　拆开包装，呈深灰色的粉末散发着一股并不令人愉快的气味，那时的母亲几乎是靠药物和营养液维持生命，所以无所谓再多一种，母亲每次都勉为其难地把粉末放进嘴里，然后迅速喝口温水，以便口腔里的粉末能尽快进入食道。母亲病故时，石斛粉还剩大半，很难说，吃下去的石斛是否有效，也或者，服用的量还不足以产生疗效。

　　几年后，在勐景来——被称作"中缅第一寨"的傣族寨子里，第一次见到野生石斛。这里家家户户几乎都种石斛，竹楼前的树干、枯木凿成的器物，或者弃用的瓦罐都用来种植石斛，竹节般的枝干上，修长、纤细的绿色叶片陪衬着正在盛开的石斛花，黛紫、鹅黄、月白，娇艳繁茂。起初以为是兰花，当然，这也没有错，石斛属兰花科。石斛的花形与兰花又极其相似，都有一枚唇瓣，从生物学的角度来说，这枚性感娇媚的唇瓣是便于昆虫授粉，并非审美需求。兰花科是个数量极其庞大的家族，据说，物种数量是鸟类的两倍、哺乳动物的四倍，石斛又是庞大家族中最繁盛的种属之一，成员达1400多位，其中81位生活在中国。

寄生于树木之上的石斛，喜欢温暖、潮湿、半阴环境，要求洁净度极高，所以多生长在悬崖峭壁的背阴处，产量极为稀少，道家推崇为"采天地之灵气，吸日月之精华"的养生极品，位列道家经典《道藏》"中国九大仙草"之首。在中国，秦岭—淮河这条南北分界线，也是野生石斛的生存分界线，濒临绝迹的野生石斛主要集中生长在西南和华南地区。推崇"天人合一"的道家确定了采摘石斛"存二去三"的原则，也就是采摘三年以上的茎株，留下二年内植株的继续生长。一年中冬末春初，石斛开花前或冬眠期是采摘的最佳时机。

民间流传着这样的说法，"吃药一箩筐，不如铁皮石斛一碗汤"，这里的汤，既可以是用石斛根茎炖煮的汤，也可以用石斛花冲泡的石斛花茶。石斛花茶汤微黄清亮、微苦回甘，淡淡的草木味在口腔中生津滋润。但石斛真正的精华在于根茎，石斛花茎比普通花茎略粗，分节而生，所以铁皮石斛又被称作"黑节草"。花茎表面还有一层粗糙的薄皮，不易长时间存放，所以传统的做法是将石斛根茎制成"枫斗"。咀嚼新鲜石斛时的黏稠汁液甘甜生津无渣，口腔里有草木的清香和滑润。就像追捧过天山雪莲、千年人参、百年首乌、深山灵芝、冬虫夏草一样，石斛也被奉为"延年益寿、美容养颜的人间仙草"。有意思的是，石斛种类仅占全世界五分之一的中国，将石斛功效推向神坛。虽然有专家出来证名，可以入药的50种石斛中，只有铁皮石斛最为有效，其他的只能算是清淡爽口的草本饮品。至于价钱，当然不是普通收入人群敢于问津的。

在石斛掀起的市场风云中，傣家人在林中找些自己喜欢的石斛，种在树丫或朽木上，让石斛有继续附生之地。房前屋后花开花落，拉着家常顺手掰一段石斛花茎，边嚼边享受甘爽的汁液在口腔中流溢回转，有病治病、无病防病。每个傣家人心中都有一本药典，鱼腥草、刺五加、薄荷、苔藓……既是菜肴，也是草药，果腹与治病两不耽误，石斛也不过是长在山里的花草，没有外界传得那么神乎其神，更影响不了他们的生活。

"矜贵"是个形容词，但云南人眼里，土里长出来的东西就不是什么矜贵的东西。

生于松林下，菌蕾如鹿茸，故名松茸。

松 茸

李渔被称为"中国戏剧理论始祖",是因为他对古代戏曲理论及舞台演出经验的系统化梳理,但对于普通人来说,他或许是位"生活家"。李渔年近花甲、阅尽世间繁华与喧嚣,将词典、演习、声容、居室、器玩、饮馔、种植、颐养逐一总结著成《闲情偶记》,这些生活中的闲情雅趣,三百多年后,依然作得生活指南。与同代美食家袁枚相比,李渔的美食心得或许缺少实操,但他定下的食材标准——清、洁、芳馥、松脆,至今还是品鉴美食的参考依据。

每年雨季,在雨水的滋润和浇灌下,野生菌纷纷钻出泥土,隐匿在树根、杂草丛中,此时的云南人开始了一年一度的山珍盛宴,云南也成为了饕餮客们的焦点。不论是野生菌的致幻作用,还是山珍特有的鲜香,抑或年年攀升的价格,都能引发新一轮的话题。对云南人来说,没有野生菌的雨季是不完整的,虽然每年都有因误食毒菌致死的病例,以至于连公交车上也轮播宣讲食用野生菌的注意事项。鸡枞菌汤的鲜甜、青椒干巴菌的异香、干椒牛肝菌的焦香，还有食用菌中最容易中毒的见手青……是这个季节里云南人家居宴客的常规菜谱，常吃常新、从不厌倦，唯如此，"绵绵无绝期"的雨季才尤其值得期待。近些年，长相敦厚、食后几乎无性命之虞的松茸占尽食用菌的风头，好像漫长的雨季里不吃一两次松茸就不足以告慰吃货们的味蕾。这种只限于滇西北高海拔产区的野生菌一跃成为全中国食客的心头好，也成为了雨季餐桌上的头牌。

《舌尖上的中国》的热播对于松茸的流行可谓功不可没，"松茸"拉开了这一美食纪录片的序幕，也将这一珍稀的野生菌摆上了中国人餐桌。之前，作为主要产地之一的香格里拉人并不食用这种野生菌，产量有限、不易储存等原因，也限制了松茸远销。屏幕中，雨雾迷蒙的高原丛林，俏丽的藏地姑娘拔开被松针落叶密实掩盖着的泥土，松茸被发现和采集，这一画面给原本稀有的松茸蒙上了神秘面纱。与其他野生菌相比，松茸的采集尤为不易，藏族人坚称，松茸的采集能手有着某种神秘能力，他们总是能找到最多最好的松茸。即便是具有"神秘能力"的采菌能手，也需要经历一番艰苦努力，采集过程也加倍小心。先用一根特制木棍从松茸周边插入土层，用巧劲撬动松茸根部，操作时既要确保松茸品相完整，还不能破坏土壤中的菌种。最后，挖掘留下的空洞要用松针或其他树叶悉心填埋，以确保来年还能生长出新的松茸，至于菌窝的位置是秘而不宣的。

离开土地 48 小时后，松茸会慢慢打开厚实的伞盖，这就意味着植株正向四周播散多达 400 亿个的孢子，同时松茸也开始衰老。这个过程十分迅速，如果储存不当，松茸会丧失那股特殊的香味，也嬗变成一堆手感黏滑的真菌纤维。孢子作为生殖细胞，是演变为菌丝直至菌根的基本单位。最终长成能被肉眼识别，成为人类餐桌珍品的菌根，经过了五至六年的漫长光阴，真是一道时间酿造的佳肴。藏于山川褶皱里的山珍——处于植物界的最低等级，相当一段时间里只有日本人对它青睐有加。据说二战后期毁于原子弹的广岛焦土下，只有松茸得以存活。传媒的推波助澜下，松茸以"黄金调料"的美誉在中国大众中声名鹊起。其实，追溯"松茸"一名会发现，早在宋朝的《证类本草》中就有记载："生于松林下，菌蕾如鹿茸，故名松茸。"千年前，这种美味山珍仅被作为一种中草药材，科学研究证明：松茸富含各种营养物质和元素，松茸醇更是世界上最为珍贵的天然抗癌物质。

李渔在《闲情偶记》中写道："吾谓饮食之道，脍不如肉，肉不如蔬，亦以其渐近自然也。"这与他提出的"声音之道，丝不如竹、竹不如肉，为其源近自然"可谓异曲同工，追求"自然之法"是他一以贯之的生活美学。江南人李渔在"饮馔部"里最先写的是笋，然后便是蕈，然后才是莼、菜、瓜茄瓠芋山药等物，"此物素食固佳，伴以少许荤食尤佳，盖蕈之清香有限，而汁之鲜味无穷。"所谓的"蕈"就是包括松茸在内的食用菌类。

袁枚的《随园食单》里也有关于松茸的明确记载："松菌加口蘑炒最佳。或单用秋油泡食，亦妙。惟不便久留耳，置名菜中，俱能助鲜。"这里的松菌便是风靡当下的松茸。看到这样的记述不禁迷惑，松茸对生长环境极其严苛，仅集中在藏区生长，川西北产量最高，而云南香格里拉品质最好，也是至今唯一不能人工培育的菌类。那一百多年前的袁枚和李渔又是如何品尝到这一山珍的？以清朝的运输能力恐怕很难实现48小时的长途转运。或许，那时的自然环境远胜于现今，也就决定了松茸产地的广泛。

松茸的娇贵不仅表现为保鲜时间短，主要是不能直接用水清洗，松茸的香气会在水中消解，这也是为什么松茸炖鸡，汤汁鲜美，但鸡肉和松茸却远逊于汤。喝过松茸鸡汤才会知道，"鲜"并非鱼羊专属，鲜香滋味是无法用语言形容的。

为了最大限度留住松茸的醇香，最好用小刀轻轻拂去松茸表面的泥土，菌帽则用清洁湿巾轻拂。松茸切片也极为讲究，用刀在菌帽上切小口，然后用手沿菌根纤维走向撕片，刀会切断纤维组织而影响口感。

新鲜松茸可蘸芥末生吃，与日式松茸刺身不同，法式的黄油生煎则是利用高温和动物脂肪激活真菌香味，黄油浸透的松茸油而不腻，鲜香绵长。相比之下，中式炭烤松茸则显得山野质朴得多，在被烤得略焦的松茸片撒上食盐，是另一种风味。不过，松茸刺身最能体现李渔的饮食美学：清、洁、芳馥、松脆，因为任何加工都会让松茸丧失松脆的口感。在盛产松茸的迪庆州有一道炝松茸，新鲜松茸切片后淋上拌有芥末的味极鲜，然后在一瓢植物油中加入花椒、干辣椒段，烧至八成热，当油发出麻辣焦香味时，迅速浇到腌制好的松茸上。顷刻间，鲜香四溢。这种吃法实在有暴殄天物之嫌，怎奈，云南人就是有任性的资本。

萱　草

　　约了老友在城里的百合餐厅见面，刚落座，服务员就摆上餐具和水杯，倒满热水的杯子里原来干瘪的花朵徐徐展开，最后撑满整个透明的杯子，橘红暖色调、细长的筒状花形，沉沉浮浮煞是好看。坐在对面的朋友问，"这是什么？""百合花。"服务员肯定地说，答案早就写在"百合餐厅"的店名里。这家纯白加淡绿色调的餐厅，连餐巾盒都设计成一朵盛开的百合花，淡雅别致，只是菜品与百合并无关系。本想反驳，这种看似与百合花极其相似的植物，肯定不是百合花。与百合相比，花瓣纤弱单薄，橘红的花色是这种野外常见植物——萱草的标志性颜色。

　　原生于中国的萱草科种类不多，却有长达两千年的栽培史，"焉得谖草，言树之背？愿言思伯，使我心痗。"《诗经》里的谖草就是今天被大众熟知的萱草。"谖"有忘忧的意思，在这首因思念丈夫而忧虑成疾的古诗里，种在后庭院的谖草也没能消解女子的思念之情。为匈奴所掳，生下二子后

焉得谖草，言树之背？

愿言思伯，使我心悔。

重返故土，被思念与悲伤交织所困的蔡文姬写下了《胡笳十八拍》："对萱草兮忧不忘，弹鸣琴兮情何伤。"这大概是"萱草"从表达思夫之情转为母子思念的开始。

直到唐朝中晚期，那位中年及第写下"春风得意马蹄疾，一日看尽长安花"的诗人孟郊，写下了"慈母手中线，游子身上衣。临行密密缝，意恐迟迟归。谁言寸草心，报得三春晖。"少年丧父、中年丧妻的诗人，一生数次参加科举，直到中年才及第，其间都是寡母以微薄之力支持着他的生活。这里的"寸草"成了萱草的代称，诗人还有另一首歌颂母爱的诗："萱草生堂阶，游子行天涯；慈母依堂前，不见萱草花。"这次诗人是借母亲的视角，担忧远行千里的游子。

游子远行前在母亲居住的北堂前种一株忘忧草，花开时，如见千里之外的游子。可是，日复一日不见花开也未见游子归家，依在堂前的慈母望眼欲穿，这是一副温暖中又带着几分落寞的画面。种着萱草的北堂——"萱堂"也就成了母亲的代称。依堂而立的不只是盼儿归家的母亲，"对萱草兮忧不忘，弹鸣琴兮情何伤。"蔡文姬，这位历经颠沛、战乱、生离、死别，甚至是精神凌辱的母亲，以母子分离为代价终于身还故里。绽放的萱草、鸣响的琴瑟都无法消解母子分离的痛苦。

就像竹兰梅菊代表高洁清雅，荷花代表出淤泥而不染、松鹤代表长寿健康，萱草是中国文学经典中"母爱"的意象。只不过，萱草代表的"母亲之爱"现在已经被康乃馨所取代。

萱草依旧静默地在山间野地开放，同科不同属的百合花、黄花菜的名气都远胜于它。萱草与百合花形相似，黄花菜与萱草这对近亲却有着许多误会。萱草和黄花菜都没有茎和茎生叶，以至于萱草常被误认为就是黄花菜。不同的是，萱草多开浓烈的橘红色花朵，黄花菜则开淡黄色的花朵，看上去也更雅致些。百合花的根茎可以食用，黄花菜的花朵也能入席。但含有二秋仙碱的萱草对人体的肠胃和呼吸系统都有刺激作用，除了观赏，最大的特点就是被文人墨客赋予了"忘忧"的意象。

百合属都是块茎类的种子植物，特别容易种植。百合种子埋进土里，发芽、抽枝、开花，不需要特别用心就能满园花香。花谢了，挖出块茎种子还可以做一盘人见人爱、清白爽口的西芹百合，如果任由根茎埋在土里，来年还会报以繁花满园。西芹百合是居家菜肴，比不得黄花菜入的是满汉全席。以山八珍、海八珍、禽八珍、草八珍这"四八珍"著称的满汉全席里，黄花菜与猴菇菌、银耳、竹荪、羊肚菌、花菇、驴窝菌、云香信并称"草八珍"。这里的"八珍"免不得要靠高汤煨调出鲜香，比不得云南雨季里满山遍野自带的鲜美之味的菌类山珍，黄花菜只能退出"山珍"的名录。不过，在物产不够丰腴的北方，便于储存的黄花菜却有着不可替代的地位。

虞 美 人

　　回家路上有一个十字路口，南来北往的车流和人流被一个绿化带分开。季节不同，绿化带里的植物也会不同，其中虞美人是最亮眼的。从这里经过时，总忍不住要多看几眼这些色彩斑斓的鲜花，高原的阳光下，那些红、黄、白、粉的花瓣被照着通透美艳。偶尔风起，或者车辆经过带起的气流中，花枝翩跹起舞，轻柔曼妙、婆娑呕吟，在蓝天映衬下，高饱和度的色彩冲撞，让按部就班的日子多了些别样的情致。

　　据说，很多年前因为采用虞美人作为美化城市的植被，政府部门曾收到过市民投诉，误以为在城市大面积种植罂粟。那时，罂粟不仅在国内禁种，连"金三角"一带也已宣布禁种令。曾看过一些金三角罂粟种植的影像素材，湛蓝的天空下，罂粟花无边无际地盛开，花枝迎风招展、笔直向上，在清晰逼真的影像里，始终与罪恶、贪婪、金钱、亡命联系在一起的罂粟花散发着妖冶、美艳的迷人气息。同时出现的还有身着军服的当地军

着绢绸质地薄如蝉翼的裙裾、
纤细柔软的身姿，含苞时低眉颔首、
盛开时直面朝阳。

人，年纪最小的还没有枪高，一脸乳臭未干的稚气。同一段影像中，还是两只手的特色，一只握着黝黑干裂的淡褐色罂粟壳，一只正用锋利的刀刃划开罂粟，刀口处流出白色的乳液——这就是制作鸦片的原料。很多人从历史教科书中认识这"恶之花"—— 1840 年，一场由鸦片引发的战争改写了中国的历史进程。

拉丁语学名 Somnus 本意催眠，早在公元前，埃及药物志《埃伯斯纸草书》中就记载了罂粟的麻醉、镇痛、治咳、止泻作用。这种原生于小细亚、印度、伊朗的一年生草本植物，被古埃及人称为"神花"——那是一个萌生了自然崇拜和神话故事的时代，人类相信是神赋予了一朵花如此不可思议的药效。六朝时期，罂粟传入中国，宋、元、明对这种外来植物的药用价值不断有新的认识，元朝已经对罂粟的副作用有了比较详细的记述。《本草纲目》中的阿芙蓉"为涩肠止泻之圣药"，就是指罂粟。"圣药"而非"神药"，是李时珍对植物药效极为克制的评价。鸦片战争直接导致了鸦片在中国人心目中的罪恶形象，毒品的泛滥使得"最美丽的花朵"被冠以"恶之花"。所谓"恶"投射的是人性的贪婪和脆弱，错不在罂粟，它装点大地、解除疼痛，但也激发出人心深处的贪欲，植物所含的致幻物质瓦解了人类脆弱的意志。

相比之下，虞美人更像一位舞者——着绢绸质地薄如蝉翼的裙裾、纤细柔软的身姿，含苞时低眉颔首、盛开时直面朝阳。与罂粟容颜高度相似的虞美人难免替罂粟这个近亲背了"黑锅"，其实虞美人的植株更为纤细、花瓣也更为娇小，花茎上细小的刚毛是分辩两者最主要的特征。花茎的刚毛让虞美人多了些娇柔、迷蒙之美，花茎光洁的罂粟则更为凌厉决绝，最重要的是，虞美人结不出那罪恶的果壳。

可是，虞美人还是被贴上"红颜祸水"的标签，一生戎马的辛弃疾曾写道："当年得意如芳草。日日春风好。拔山力尽忽悲歌。饮罢虞兮从此、奈君何。人间不识精诚苦。贪看青青舞。蓦然敛袂却亭亭。怕是曲中犹带、楚歌声。"从波斯传入中国，唐时改名"丽春花"的虞美人，在宋朝的民间传说里幻化成了自刎于乌江的绝代美人虞姬。连同传说，"虞美人"也成了个词牌名，其中最著名的应该算是李煜的"春花秋月何时了"。这首"虞美人"最终成了李后主的绝命词。

在原产地欧洲，虞美人也与战争、死亡和血腥联系在一起。作为第一次世界大战的主战场，法国北部的弗兰德小镇经历了一次惨烈的战役。掩埋了自己战友的加拿大军医迈克雷写下了流传后世的《在弗兰德土地上》。战后的残垣废墟上、战友的坟茔旁开满了大片殷红的虞美人，有着红色花瓣黑色花蕊的虞美人像一片血色花海，象征着年轻战士的血肉之躯，也是这一片焦土上最先盛放的植物。

11月11日，这个协约国与德国签署停战协定的日子，成为了英联邦国家的国殇日，此后每年的十一月，是虞美人盛放的日子，英国所有城市和村庄都会举行活动，纪念那些战争中逝去的生命，街上还会有人出售不同材质做成的"虞美人"，获得的钱款捐赠给相关组织，以帮助那些战争中伤残的老兵，或者资助相关活动。

折 耳 根

　　刚立春，翻整过的地里就冒出了一片绿色。窗户下面这块朝东的土地不算肥沃，但太阳总是最先照到这里，适合种菜。之前在这一小块地里撒过些种子，如今看见新发的嫩芽，以为是之前随意撒下的种子发芽了，只是忘了撒的种子究竟是辣椒还是西红柿。新发出来的叶子又太小，一时分辨不出是什么植物。

　　每天都在长大的叶子，从嫩绿逐渐变成深绿，再去看，绿色叶子抹上了一层紫色，叶片卷着像一只只袖珍的耳朵，竟然是播种之前被铲除的折耳根。云南人只吃折耳根的根茎，菜市场里白净细长的折耳根被绑成一小捆一小捆地出售，买回家洗净、掰成段，用盐、醋、酱油、辣椒、蒜泥和芫须，腌上一会儿便成了一道家常凉菜。不论春夏秋冬，餐馆里也都常备凉拌折耳根。遇到咽喉肿痛之类的小病小痛，凉拌折耳根也是食疗的备选项目。后来发现成都人现成都人吃凉拌折耳根用的是叶子，折耳根根茎用来炒腊肉、涮火锅。在肉脂里打了个滚，折耳根的口感不再爽脆，而是变得绵软，原本令人难以接受的味道也被调和消散。相邻的贵州连叶子和根都吃，只有云南人把折耳根的叶子当成猪饲料，人是不吃的。

折耳根又叫鱼腥草，这个名字是在医院注射室里听到的。小时候一发烧就伴随着扁桃体发炎，母亲后来常说，我能保住两侧扁桃体归功于鱼腥草针剂。但是最新研究发现，鱼腥草中的马兜铃酸可能致癌，甚至"伤肾不可逆"。鱼腥草针剂也早已被层出不穷的新型药品取代，至于凉拌折耳根、折耳根炒腊肉……却依然是西南人餐桌上的美食，有人下箸时或许会战战兢兢，但几天不吃却又想得不行。

丈夫第一次跟我回云南，火车停靠贵阳站，车站卖美食的当地人操着抑扬顿挫的贵阳口音叫卖，"丝娃娃，好吃的丝娃娃。"这道著名的贵州小吃其实是用薄米饼包裹各种切丝的小菜，跟娃娃没啥关系。他大概出于好奇买了一份，一口咬下去，还没来得及下咽，就奔到卫生间里吐了个干净，甚至接下去的几天，都疑心口腔里残存着折耳根，因为吃什么都有那股怪味。丝娃娃好吃的秘密就在于加入了切碎的折耳根，当然这仅限于贵州人。定居云南之后，丈夫对鱼腥草的态度有所缓解，但仅限于折耳根叶子拌成的凉菜，"吃完满嘴鱼腥臭味。"说话时的表情，比吃折耳根还痛苦。

折耳根有个古老的名字：蕺菜。传说，那位卧薪尝胆的越王，终于得返故国却遭遇饥荒，做为国君，越王上山亲尝百草以寻充饥之物，救民众于饥馑，最终找到一种野草，虽不美味，但割一茬长一茬，越国人借此渡过饥荒。野草因此得了"饥草"一名，为了好听些，改名"蕺草"，长满蕺草的山也改名蕺山。丈夫祖籍江苏，从地缘和饮食习惯来说，江浙同源，我便讥讽他，不吃蕺草便是忘本。

鱼腥味、反人类的味道、肥皂水的味道……讨厌折耳根的人，用尽最极致的词汇都不足以表达对这种食物的厌恶，而我却隔三岔五地总想给自己来一盘凉拌折耳根，自从知道叶子也能吃，觉得叶子的味道比根茎更好。据说一个人的口味喜好与从小的味觉体验有关，也与储存在基因里的味觉记忆有关。那么，这种曾经生长在吴越国的植物是如何进入西南人的食谱里的，以至成为西南地区最为普及的食物，而且成瘾难戒的呢？

清明刚过，谷雨未至，折耳根深绿的叶子表面有了一层灰蒙，那是苍老后的颓然。把叶子摘来吃，叶脉的纤维已然失去了细嫩的水灵，在口腔里也是牵牵绊绊，难以下咽。于是，把叶子全都摘除，让土里的茎慢慢生长。一场雨后，新叶又会冒出来，新的折耳根又将带着泥土的滋养重返人间，重返餐桌。

三 · 秋实

风葩净蕴商天艳，
霞朵轻摇月夜凉

彼 岸 花

那年在梵净山山脚下的村子小住，村外有条清澈见底的小河迤逦而过，虽是初秋，河边却花红柳绿繁茂成荫。每天清晨或傍晚都沿河边散步，看暮黛清山、村民在石桥上往返。某日被绿荫葱郁间的红花吸引，长长的花茎顶着结构精巧的伞形花序，细长花瓣皱折翻卷成镂空的花球，像是手艺人的精湛技艺，四射的花蕊让花球更加灵动，颇具几分仙韵。正值电影《寻龙诀》上映，作为故事推进的重要线索，彼岸花的美丽与神秘，被大屏幕无限放大和传播。

这种耐阴花卉，极少病虫害，多长在长江流域以南的阴湿山坡和岩石缝间，贫瘠的土壤里也能长得茁壮浩大。早在南北朝时期，中国就开始人工栽培，被称为"金灯花"。"深秋独茎直上，未分数枝，一簇五朵，正红色，光焰如金灯。"金灯花出现在许多古代植物花卉著作中，有的记述金灯有红、黄、白、粉红、碧、紫多种，有的甚至把金灯花与蔷薇、木笔、木瓜并置为"七品三命"，但仅属下品："铅华粗具，姿度未闻，置之篱落池头，可填花林疏缺者也。"就算有个灿灿然的名字，也不过是用于填补园林中的空缺，艳色花姿却不被看重大概与其多年生草本喜阴的特性有关。"弱瓣坚须灿野光，成丛灼灼斗丹妆。"诗人笔下的花朵虽然美丽，但终归是"风葩净蕴商天艳，霞朵轻摇月夜凉。"

除了生于阴湿，伴着月夜寒凉开放，"叶落花开，花落叶发"的现象也被古人看作是反常现象，"金灯，一曰九形，花叶不相见，俗事业心人家种之，一名无义草。"阴郁的生长环境、花叶不相见的"无义"都将学名红花石蒜的金灯花打入了另册，难以与梅兰竹菊这样的"君子"并列，也不像牡丹、杜鹃、水仙被普通民众追捧。种球根茎的石蒜科是个庞大植物种群，水仙、朱顶红、文殊兰、君子兰都位列其中，不得不说，红花石蒜的确是一个特别的存在：冬天万物休眠凋零，红花石蒜的叶片却开始茂盛生长；冬去春来，万物复苏抽枝发芽，红花石蒜已经开始进行光合作用储备能量；夏天百花齐开放，石蒜的叶片却枯萎凋零，预备秋分时节的盛放。

日本是金灯花的另一个主要产地，同为儒家文化圈的日本将它称作彼岸花。佛教将我们生活的世界视为充满烦恼的尘世，称作"此岸"，对应的"彼岸"则是涅槃后的净土世界，意指结束苦修的此身，摒弃肉体后达到西方极乐世界。日本有个"彼岸节"，类似中国的清明节，在春分或秋分前后，去祭拜祖先的坟墓，为他们的亡灵祈祷。秋分时节，万物开始凋敝，彼岸花应时而开。民间传说中，彼岸花是自愿投入地狱的花朵，是生长在奈何桥边的接引花，在冥界三途河边，忘川、彼岸有此花接引，灵魂渡过忘川，便会忘记生前的一切，寻着花的指引往生于幽冥之境。

　　与秋分对应的春分时节，恰逢樱花开放，代表青春盛放、生命易逝，更反衬了彼岸的寂灭。崇尚"一期一会"的日本人将物哀之美投射到了植物世界，也就有了春彼岸的樱花和秋彼岸的红花石蒜。在日本文化中，彼岸花的意义早已不是"花叶不相见"这么简单，而是对应着春秋两季、生命轮回的哲学与美学含义。

　　"花叶不相见"是石蒜属花卉的共同特点，石蒜有一个远亲叫作换锦花。"叶落而花，故曰脱红、脱绿；花落而叶，故曰换锦，花与叶两不相见也。花以换其叶，叶以脱其花，故又曰脱衣换锦。"成书于清朝的《广东新语》里这样记述换锦花，开黄花的石蒜被称为忽地笑的换锦花，如今不如彼岸花有名。

　　从地理分界来说，河南、山东算是喜欢阴湿的石蒜属植物生长的极限。电影《寻龙诀》里丁思甜的人设是有位植物学家父亲的知识青年，插队到大草原却执着于寻找彼岸花，千年前的契丹公主用它来装饰棺椁，显然是剧情中的硬伤。不过大屏幕上红花石蒜被无限放大，也让更多人认识，算是件好事吧。

斑斓的花朵像高原随处
可见的风马旗，
每一次的迎风摇曳
都是一次诵经与祈福。

波 斯 菊

那年在雨崩村徒步遇到一位当地向导，说着带有浓郁藏地口音的汉话，喜欢对着镜头比剪刀手，爱唱歌的他永远只唱两句：你有一个花的名字，美丽姑娘卓玛拉；你有一个花的笑容，美丽姑娘卓玛拉……清晨的客栈走廊、徒步路上、黑夜的火塘边，他的歌声令人猝不及防。很多次，我们请求他把这首歌完整地唱一遍，就像一个好故事，有了开头，高潮、结尾却没有着落，只觉得心有不甘。但显然，他连后面的旋律都不知道，我们推断这肯定不是一首传统民歌，他只是在某处偶然听到，凭着藏族人天生的好乐感记住了开头两句。

七天后，结束雨崩村"与世隔绝"的生活，发现整个县城铺天盖地地播放一首名为《卓玛》的流行歌曲，那是一首献给草原姑娘卓玛，也是献给"格桑花"的歌曲。那个季节，一种舌状花瓣、黄色花蕊、形似菊花的小花开满了整个高原——民居旁、庙宇边、山坡上、草地里，与蓝天、白云、雪山一起构成了斑斓秋色。粉红、紫红、明黄、雪白的花朵仰面朝阳，倔强、执拗、灿烂、喜乐。这种根茎纤细但适应性极强的植物，花瓣质地坚韧如革，不需要绿叶的映衬，抗得起高原上穿透力极强的紫外线，斑斓的花朵像高原随处可见的风马旗，每一次的迎风摇曳都是一次诵经与祈福，也只有这样的美艳才配得起"卓玛"的美丽和笑容。其实，这种多年生的草本植物，从平原的溪边、田间、山林一路开到海拔 3000 多米的高原，花名从波斯菊变成了格桑花，就这么人云亦云变成了既定事实。

原产于墨西哥的波斯菊，经由那位发现了美洲"新大陆"的航海家哥伦布带回欧洲，因色彩美艳、易于种植，在欧洲大陆风靡一时，但盛开在西藏高原却是 20 世纪初的事情了。这得益于清廷命官张荫棠，他受命赴西藏任驻藏帮办大臣时，携带了一批植物种子，无奈当地的极寒天气，很多植物无法生长，只有这种耐寒的多年生草本植物顽强地存活下来，所以当地人叫它"张大人花"。

西藏许多商店、客栈都以"格桑梅朵"命名，"格桑"的字面意思是"美好时光"或者"幸福吉祥"，"梅朵"指的是花。世上是否真的有"格桑梅朵"，就像是否真的有"香格里拉"一样没有正确答案。在历史和传说中，"格桑梅朵"与高僧、天神、英雄、美丽的姑娘相生相伴，作为救民于瘟疫的良药、昭示盛世的祥瑞、象征纯洁美好的愿望，"格桑梅朵"的名字随之传诵，却始终找不见对这种植物的具体描述。可以肯定的是，20 世纪才传入西藏的波斯菊一定不是传说中的"格桑梅朵"。

就像香格里拉并非特指某一个地区，格桑梅朵也并非特指某一种花，而是泛指某些原生于高原的野生植物，比如高山杜鹃、雪莲、金露梅、紫菀属菊花，它们都有着极强的抗高寒能力、顽强生命力。

　　秋英属菊科的波斯菊适应性极强，一经播种年复一年应季开放，真可谓"一岁一枯荣"。极易存活的波斯菊，经年栽培后已被川滇两地归化，人们偏执地将它命名为格桑花，也就赋予了它美好的希冀。波斯菊的植物学命名为 Cosmos，援引希腊文的原意中包含了宇宙、和谐、秩序、名誉、善行，看来无论中外，对这种植物的偏爱已经超越了种族和地域文化的差异。

　　无须费心为格桑花正名，每年的六七月，波斯菊盛开成花海，也是青藏高原最绚烂的时节。

绿叶间一支淡蓝色花葶，

妩媚、灵动、飘浮。

凤　眼　蓝

　　高原气温早晚比白天凉，入秋以后尤其如此。清晨沿着滇池长堤跑步，遇到清洁工正从滇池里打捞腐坏的水草，中间夹杂着生活垃圾，这项配合滇池治理的工作定期进行，成效显著。至少，这些年的夏天，周围居民已经不再被一阵风后的恶臭困扰。打捞上来的腐坏植物已经看不出本来面目，微风吹拂下有着令人厌恶的气味，晨练的人们掩鼻疾走，试图以最快的速度离开这个恶臭之地。打捞上来的水草会一直堆放在这里，让高原炽烈的阳光把它们烤干，然后当作肥料堆放到田间地头。

　　打捞上来的水草中包括臭名昭著、造成滇池水质污染的元凶之一——水葫芦，这种水生植物的学名叫作凤眼蓝。漂浮在水面的凤眼蓝是一丛层层叠叠莲花座般的绿叶，夏末初秋，绿叶间会长出一支淡蓝紫色的花葶，蓝紫色的花瓣像一支孔雀羽毛，又像一只长着黄色瞳孔的眼睛，妩媚、灵动、飘浮，有种令人不安的魅惑。水下部分则长着葫芦状的根茎，云南人便管这种远道而来的浮水草本植物叫作"水葫芦"。

早在一个世纪前，凤眼蓝作为"美化世界的淡紫色花冠"漂洋过海、跋山涉水入驻世界各地的水渠河沟。拥有了广阔生长空间的凤眼蓝，以迅雷不及掩耳的速度繁衍，丧失相克之物后呈铺天盖地之势。一种被寄予美化环境重任的植物因为肆无忌惮地生长沦为了破坏环境的"元凶"，人类面对自然规则时犯下了自以为是的错误，不得不承担由此带来的恶劣后果。

20世纪50年代的中国，凤眼蓝作为畜禽添加饲料得到广泛引种，这种"美化世界的淡蓝色花冠"有着丰富的粗蛋白、粗脂肪、粗纤维，柔软多汁、鲜嫩可口，粉碎后与糠麸搅拌成为极好的家禽饲料。终年温暖湿润、阳光充足的滇池给凤眼蓝提供了极好的栖息之所。令人措手不及的是，这种外来无性繁殖物种在昆明水域泛滥成灾。客观地说，水葫芦具有极强的吸附重金属能力，是一种改善水体富营养化的生物净化水生植物，但前提是，必须对水葫芦的繁殖进行有效的人工干预，比如网格状的"约束管理"。水葫芦的无序生长缺乏控制，饱吸水体中的重金属后未被及时打捞，再次沉入水底，植物的腐坏和吸附的重金属对水体造成双重污染。

80年代中后期，昆明人还在滇池里嬉水游泳，西山"睡美人"倒映在水面上，是一张昆明的景观名片。那时的中国还没来得及把环境问题当作头等大事，下游人游泳嬉水，上游人却在排污、倒垃圾，与此同时，远道而来的凤眼蓝以几何级的数量爆发性生长。水体的富营养化还催生了另一种水生植物的快速繁殖，那就是蓝藻，这对他乡相遇的"水生兄弟"，在滇池水面上展开了扩张式的繁殖竞赛。90年代，滇池水面已经一片惨绿，最严重的时候，一个跳进滇池畅游的孩子，离开水面时身体像被刷了一层绿色油漆。夏天，阵阵恶臭弥漫在昆明上空，红土地上最重要也是最广阔的一片水域"沦陷"于水生植物的疯狂生长中。滇池不再是高原人引以为傲的"明珠"，而是人人避之不及的臭水塘，而且这臭水还沿着水道进犯城市的不同角落。

凤眼蓝也在长江、黄河流域制造一场新的灾难——堵塞航道，人们终于认识到盲目引种的危害，但水域治理是一场艰苦而持久的战役，这也算是自然界对人类妄自尊大的惩罚吧。如今，滇池的水葫芦几乎绝迹，但并不等于这项因它而起的环保工程就此结束，一切才刚刚开始。

某天，在一家小饭馆看到店主用小水缸养了一蓬凤眼蓝，明媚的阳光下，那蓝紫色的花朵有种令人心生怜爱的美丽，与玫瑰相比更多了些野趣。它的美从来没有改变，只是被放错了地方，又没有加以控制，以至野逸成灾。自古以来天灾也是人祸。店主说，他在马来西亚品尝到一道用凤眼蓝为食材的菜品，准备引进到他的饭馆，不知道会不会被食客们接受。我笑说，云南人只知道"水葫芦"而不知道"凤眼蓝"，菜名就叫凤眼蓝，既新鲜又陌生，再加上味道好，自然会受欢迎。店主会意地笑了。不知道他是否推出了这道新菜品，又是否采纳了我的意见。

当橄榄展现翠绿、油金、黑亮的果实时，那将是你一生见过最和谐的景致之一。

橄　榄　树

　　新年伊始，彭博社发布了全球 169 个国家的健康排名，西班牙名列榜首，成为全球最健康国家，意大利退居第二位。这是否再次说明有"液体黄金"之称的橄榄油对于人类健康大有益处。

　　从马德里出发，一路向南，车窗外的安达卢西亚大地上橄榄树如舰队般浩荡宏阔，树干粗壮、树荫如冠，在地中海的暖阳下泛着银色波光的绿色树列如大海般起伏跌宕。塞万提斯说："当橄榄展现翠绿、油金、黑亮的果实时，那将是你一生见过最和谐的景致之一。"这片被橄榄树覆盖的迷人土地上，有低沉而悲怆的深歌、有热烈的弗拉门戈，还有那位深爱着家乡的年轻诗人——洛尔迦，最终倒在他热烈歌咏过的橄榄树林里。橄榄树是地中海最常见的植物之一，人们把它种在庭园，或者修道院外，作为亚热带乔木的橄榄树单独一株并不醒目——树干不够挺拔、树型不够遒劲，但成片的橄榄林却有着壮阔的美感。

就像在法国旅行不能错过葡萄酒，在西班牙最不能错过的便是橄榄油，其实根本也不可能错过。西班牙的餐桌上总有免费的橄榄油供人食用，就像中国餐桌上的酱油和醋。烤肉、烤鱼、烤土豆、西班牙海鲜饭……橄榄油是欧洲菜里主要的油脂来源，橄榄油特有的香气增加了食物口感的丰富层次，又不会喧宾夺主。当地人连吃面包片也要蘸橄榄油，烤得香脆的面包片浸满橄榄油后并不油腻，爽脆中的淡淡果香令人食欲大开。西班牙著名小吃 Tapas 的经典搭配就是腌橄榄、火腿、香肠，以及土豆饼，开胃的沙拉里也有腌橄榄作为点睛，一堆五颜六色的时鲜果蔬点缀着去核的黑橄榄，色彩方面就增加了吸睛度，咸脆的口感又调剂了时蔬的清寡。

云南也有一种叫作橄榄的果实，与地中海的油橄榄不同，黄绿色的果子只有樱桃大小，坚实的果肉上隐约间纵横的经纬线，果核小而坚硬。橄榄入口酸涩，但回甘悠长，9 月橄榄成熟季，市场上随处都有野生橄榄出售，多数人消受不了橄榄的酸涩，但又喜欢它的回甘，泡橄榄就一度成了居家常备。加甘草盐水浸泡过的橄榄不仅回味甘美，而且有消暑解渴的功效，甚至是咽喉胶肿痛的消炎良药。这些年，渐渐淡出日常生活的橄榄重又回到大众的生活，只是改头换面成了滇橄榄含片、橄榄粉之类的产品，生活水平提高后，高血压、高血脂、高胆固醇的人越来越多，而橄榄中含有抑制"三高"的成分，至于橄榄悠长的回甘倒没那么重要了。

橄榄并不是云南独有植物，广西、福建一带，叫作余甘子，其实，橄榄并不是云南独有植物，到了广西、福建一带，改名叫余甘子，这个意味深长的名字也是它的学名。与油橄榄相比，余甘子的叶片更像羽毛，果实也更小。

20 世纪 80 年代，有首流行很广的港台流行歌曲《橄榄树》，词作者是女作家三毛。那个时代文学女青年们，不仅迷恋她的文字，更向往她不拘于世俗的生活方式和如梦如幻的异国恋情。至今还记得有部电影的开头，就是胡慧中怀抱吉他弹唱这首《橄榄树》。很长一段时间都误以为，歌曲里的橄榄树就是指的这种回味甘美的野生果子。三毛有过一段西班牙的生活经历，歌中的橄榄树显然是盛产于地中海的油橄榄。

不仅橄榄油是欧洲人餐桌上的必备，橄榄也贯穿了欧洲的历史文化。在欧洲的神话中，智慧女神雅典娜化身橄榄树，守护着雅典城邦。在《创世纪》里，鸽子衔回的橄榄枝给诺亚带来了春回大地的消息。橄榄枝还被做成花环戴在奥林匹克冠军的头上，捧在美丽新娘的手里。古典主义画作

里头戴橄榄枝的男子更是美术史中的经典形象；毕加索画笔下那只衔着橄榄枝的和平鸽，象征着世界对和平的期望。

原产于希腊的油橄榄树，早在 20 世纪 40 年代，就已经被引种到重庆和云南蒙自，但都没有成功。50 年代，为解决中国人食用油短缺问题，橄榄树再次被引种。如今昆明城郊的海口林场有一片郁郁葱葱的橄榄树林，甘肃武都则是中国最大的橄榄种植地。橄榄油作世界上唯一以自然状态供人类食用的植物油，因为富含不饱和脂肪酸的油脂，正在被更多的中国人所接受。

拐　枣

约了尚姑娘在茶室见面，刚坐下她就递给我个小包："知道你喜欢这些奇奇怪怪的植物，特意找客栈老板要的。"她大概看过我写的植物文章，加之，北方人没见过长得如此奇怪的植物，语气是发现新大陆的兴奋，"老板自己也就只有这么点儿。"她强调这包植物的珍稀。

"拐枣啊。"隔着无纺布已经闻到植物散发出的香气，是久违的混合着淡淡乳香的甜腻。

对于南方人来说，拐枣实在算不得稀罕，不过是山里众多可以吃的野果之一。拐枣丰饶过我们的童年，满足过味觉对于甜蜜的渴望，是深秋集市里常见的山货之一。霜降后迎来拐枣的成熟期，刚摘下来的拐枣口感发涩，要放到谷物里捂上些时日才会有香甜的口感。过去，菜市场里常有拐枣卖，与苹果一类的秋季水果同时出售，现在不仅城市，连县城也很少能遇见了。熟透的拐枣由一截七弯八拐的茎连缀一粒胡椒状的小果，但可吃的是茎而非果，所以"拐枣"这个名字十分形象贴切，只是滋味与枣相去甚远，也无任何关联。集市里卖的拐枣以"把"为单位，采摘时预留一截枝干，七八枝系成"一把"，价格平民、香甜美味。这些年，市场上的水果琳琅满目，拐枣也悄然退出日常生活。偶尔有近乡村民从山里采来，叫卖果蔬时顺带出售，竟成怀旧之物。吃在嘴里，甜香的肉质一如既往地充溢唇齿之间，是这个"转基因"泛滥的时代里，罕有的纯真滋味。

拐枣还有许多别的名字，木蜜、还阳藤、鸡爪子、万寿果、甜半夜、万字果、九扭……不同地区、不同见解、不同传说，或者语言差异而赋予不同的名称。植物学则称为枳椇，枳椇子专指根茎上那粒胡椒大小的果实，是一味性平、入胃经的中药，食用的部位则是果序轴，也就是连接枝杆和果实的部分。早在公元前的西周，拐枣的食用价值就被发现，《诗经·小雅·南山有台》将枳椇与苔、桑、杞、栲并列，用来比喻周天子的俊朗、歌颂周天子的英明、敬祝周天子万寿无疆，"南山有枸，北山有楰。乐只君子，遐不黄耇。乐只君子，保艾尔后。""枸"就是枳椇。《礼记》中这种古老的植物更与榛、枣、栗一同作为妇女见面时互赠的手信。尚姑娘赠我拐枣竟承续了几分古意。

枳椇在中国分布很广，而且还有三个不同分支：枳椇、北枳椇、毛果枳椇，以植物学角度的观察，枳椇叶片、花序有明显区别，可食用部分却是相同的。如今，枳椇仅为植物学命名，在民间，拐枣、鸡爪子这样的叫法更顺口，也更形象，"北枳椇"的英文 Japanese raisin tree，虽然误判为日本的原生植物，但也不由得让人联想到葡萄树干的扭曲和斑驳，以及葡萄干的甜香。

蔷薇目鼠李科的拐枣属高大乔木类，花开得极小，白色花瓣簇拥着淡色花蕊，缀满碧绿的树叶间，十分好看，叶落花谢，不起眼的果实便挂上枝头。拐枣树的木质极佳，是雕刻工艺品的上好材料，枳椇子的医用价值也早被发现。《苏东坡集》中有一则记录枳椇子的医案：东坡先生的一位朋友长期饮酒产生了慢性酒精中毒的症状，久医不愈。东坡推荐的一位医者，以一剂枳椇子为主的药方治愈了顽疾。

《本草纲目》中也有这样的记述："昔有南人修舍用此木，误落一片入酒瓮中，酒化为水也。"这当然有夸大其词之嫌，云南人有泡拐枣酒的传统，与其他的果酒相比，拐枣酒更为甘甜，但没有听说饮拐枣泡酒如饮水而非酒。滇地以出产北枳椇著名，兰茂所著的《滇南本草》中还说北枳椇有治疗瘫痪、风湿麻木的功效，而《滇南本草图说》中说拐枣可补中益气："痰火闭结于胸中，用此可解。"这倒与最新研究相吻合，枳椇子含有的麦草碱、B-咔啉具有抵抗脂质过氧化的作用，可以降压。可见，作为天然的保健食品，拐枣是可以常吃的。

金 莲 花

　　有一阵子，因为工作的关系读了《草原帝国》，知道草原上的"黄金家族"是驰骋草原、有着"纯洁的出身的蒙古人"部落，或者说以成吉思汗霸主为首的部落，而且还知道了开在草原的金莲花。后来去了一趟锡林郭勒草原："在离元上都不远的地方，有一片叫作金莲川的草原，每年七月下旬，成片的金莲花开放，那也是忽必烈回到草原的日子。可以想象，忽必烈在自己的'夏宫'里眺望着一望无垠的金莲川，心里会是一种怎样的感怀。也许，最终挡住他攻打下日本岛的不是海峡和风浪，而是对于这一片金莲川的迷恋，因为他知道，出了草原就再没有这样的风景了。"

　　那次的内蒙古之行没去参观元上都遗址，也不是金莲花开放的季节。于是，相当一段时间里，着迷于寻找金莲花，或者说，但凡看到样子接近的，都有意无意地当作是书中描写的金莲花。结果证明，不过是我的一厢情愿。事实是，金莲花仅分布在山西、河南北部、河北、辽宁和吉林西部，海拔

1000 ～ 2200 米的山地草坡，这条线几乎与农耕文明和游牧文明的分界线重合。所以，与其说那阵子是着迷于寻找金莲花，不如说是着迷于与之相关的草原文明。

很多年以后终于又有机会去到锡林郭勒的正蓝旗。这是元上都遗址所在地，也是草原文明的发源地。

这座曾激发卡尔维诺写成《看不见的城市》的都城，早已毁于战火和屠城，只有从空中俯瞰，才隐约看到城池曾经的宏伟与壮观。旷野里，一面黄金家族群像的巨大浮雕显得孤子、寂寥，风中大片摇曳的金莲花给眼前的群像印上了一片辉煌，分不清是几百年前的战马嘶鸣，还是眼前艳阳下的灿烂。

细而纤弱的花枝直指天际，花瓣朝向阳光盛放，橙黄、杏红的花瓣层层叠叠、疏朗有致，簇拥着中间细细密密的花蕊。花瓣像是镶了一道赤金的边，秋高云淡的草原，天空澄蓝、日光明艳，微风阵阵中花朵流溢着灼目的华丽，大片的葱绿与油绿混合成的草原上，星星点点舞动的花朵连成一片波光潋滟。在这里，"金"不是形容词、不是地位的标志，

仅仅是流光溢彩的写照。

金莲川原本叫作曷里浒东川，直到大定十八年（1178 年），也就是那位金国开国者完颜阿骨打之孙完颜雍执政之时，"莲者连也，取其金枝玉叶相连之义"，改名金莲川。之后，忽必烈索性在此建立了元上都，金莲花成为他夏季北上避暑之地。甚至一年中的很多时间，他都留在这里，远远地眺望南边那座他亲手建起的大都。

县里的商店有金莲花茶出售，这种多年生草本被誉为"塞外龙井"。金莲花味苦、性寒、无毒，是一味清热解毒、治疗各种炎症的药材。"宁品三朵花，不饮二两茶"，苦夏伴着口腔溃疡，痛苦不堪，于是泡了一杯金莲花茶。花瓣在开水的高温中慢慢舒展，曼妙舞蹈，随后水色呈现淡淡的黄，氤氲中有股清冽的苦凉之气。那夜胃疼难耐，才明白"宁品三朵花"的"三朵"并非泛指。寒凉体质经不起过高浓度的花茶，也才注意到说明文中还有一句："久饮伤肾"。

朝饮木兰之坠露兮，

夕餐秋菊之落英。

菊　花

　　"自有渊明方有菊，若无和靖即无梅。"辛弃疾当然不是说，菊花是被陶渊明这个只做了 80 几天彭泽县令便辞官归田的人发现的，更不是说，林和靖是研究梅花的专家。然而，是他们赋予菊和梅以人格，使它们在中国文学中成为一种隐喻与象征。

　　在中国，有文字记载的菊花种植史已有 3000 多年。孔子的《礼记》中"季秋之月，菊有黄华"的记载，说明黄色的菊花与秋月同时也是最受欢迎的品种，汉时"菊花久服能轻身延年"表明菊花有益寿延年的药用价值，"菊花舒时，并采茎叶杂黍米酿之；至九月九日始熟，就饮焉；故谓之菊花酒。"今年酿的酒明年重阳启封饮用，在充满仪式感的古人日常生活中，菊花酒几乎是秋日必备。据说，直到晋代陶渊明才亲自培植出了白菊花。众所周知，他爱菊、种菊、赏菊、写菊，但培植了白菊大抵是后人的附会。辞官归隐的靖节先生，见到简陋的房屋，迎接他的仆佣和稚子，"三径就荒，松菊犹存"。他的归来不只简单的归隐田园，身处偏陕之地，却未囚禁他心中的高远志向，无愧于后世尊他为"菊圣"。如今，菊花可谓万千姿态、色彩纷繁，但仍以白、黄、墨菊为最佳，其中"紫英黄萼，照耀丹墀"，绛紫色花瓣深如墨色尤其珍贵，又称墨菊。青绿的菊花也十分珍稀。这些目不暇接的品种是宋朝以后才逐渐培植而成，扁球、球形、龙爪、毛刺、松针的花形加上单、复瓣，足以让万花凋敝的秋季有了别样的盛大华美，加之菊花适应力强，成为中国十大名花也就不足为奇。

温暖的南方，连冬天也都有层出不穷的菊花开放，绚烂的花色足以驱逐冬天的寒凉，更可贵的是，不惧风寒的菊花，只需定时浇灌，充足的滋润便回报以灿烂的盛放，犹如满园的暖阳。最终投了汨罗江的屈原写道："朝饮木兰之坠露兮，夕餐秋菊之落英。"他开创了中国古典文学"香草美人"的书写，借花香的清幽隐喻君子的清高品格、人生境界。陶渊明接续了这一理想，辞官耕读、植下菊圃，过起了"采菊东篱下，悠然见南山"的田园生活，菊花与松柏、飞鸟也成为了"归田园诗"的主要题材，以高洁、隐逸的象征进入中国文学传统。"归去来兮"的陶渊明写过二十多篇《饮酒诗》，披星戴月、锄禾采菊、酿酒观岚，一派恬淡自在。如果抽离了"采菊"的时局与心境，陶渊明不会成为中国古典文学的一座丰碑。"结庐在人境，而无车马喧。问君何能尔？心远地自偏。"这才是"五柳先生"田园诗的底色。他置身他的时代，田园的"东篱"并没有限制他的视野与心胸，"山气日夕佳，飞鸟相与还。此中有真意，欲辩已忘言。"自此，菊花不再只是一种具有药用价值的植物，"芳菊开林耀，青松冠岩列。怀此贞秀姿，卓为霜下杰。"百花凋谢后兀自盛放的菊花，像青松一样，在中国古典文学中象征着不屈、贞洁、清高、独立遗世的品格。

"渊明归去来，不与世相逐。为无杯中物，遂偶本州牧。因招白衣人，笑酌黄花菊。"（李白）"每恨陶彭泽，无钱对菊花。如今九日至，自觉酒须赊。"（杜甫）"倾白酒，绕东篱。只於陶令有心期。明朝重九浑潇洒，莫使尊前欠一枝。"（辛弃疾）古人将"九"定为阳数，两九两重为"重九"，日月并阳为"重阳"，农历九月九日作为传统的重阳节，有登高、佩茱萸、饮菊花酒的习俗，茱萸避邪、菊花延寿，以"消阳九之厄耳"。陶渊明没有清高到不食人间烟火："酒能祛百虑，菊解制颓龄。""秋菊有佳色，裛露掇其英。泛此忘忧物，远我遗世情。"饮酒食菊，忘忧祛病，为的是以淡泊的心境对抗污浊不堪的现实，这才是归隐田园实现自我价值的真谛。此后，凡借菊花抒怀心志，便绕不开陶渊明了。

17 世纪后，不断有荷兰人、法国人、英国人将中国的菊花品种引入欧洲，菊花的观赏性也被不断开发，新的菊花品种不断培育。如今，不仅秋天可以赏菊，夏、秋、冬季都有菊花开放，但秋菊所蕴含的喻义却深入了中国人的审美。

《本草纲目》中的菊花是一味甘苦、微寒，可散风清热、清肝明目、解毒消炎的良药，"菊花茶"至今都是药店里常备饮品。这味无须医生处方的中药，常与枸杞、甘草、红枣搭配或自成一味，用以疏风解表。杭菊、亳菊、滁菊、怀菊以产地冠名的四大名菊更是身价殊异，因功效略有差异而被民众各取所需。杭菊以疏风清热见长，亳菊则善于解暑明目，滁菊与怀菊都偏于平肝阳。只可惜登高习俗的重阳节里没了菊花酒的一席之地，倒是偏居一隅的云南蒙自有菊花过桥米线，加入了黄色花瓣的过桥米线始于何时无从考据，或许是"夕餐秋菊之落英"的残遗呢？果真如此的话，在美味的同时是否又多了一层风雅？

"少日曾题菊枕诗，囊编残稿锁蛛丝。人间万事消磨尽，只有清香似旧时！"一首《钗头凤》令世人腕扼于陆游与唐婉的一段旷世恋情，余音未了，63岁的陆游偶然从沈园经过，再次感慨万千写就《菊枕诗》二首。想起唐婉当年亲手采集菊花瓣，为他做的菊花枕，斯人已逝，菊香仍丝丝缕缕萦绕不散，悠长的何止是花瓣的香氛，还有绵长的思念。同是对故人的思念，相比苏轼"十年生死两茫茫，不思量，自难忘"的波澜汹涌，陆游的"菊香之枕"显得清丽绵密，更具日常夫妻的闲情意趣。

绿　绒　蒿

　　十月的苏格兰秋意渐浓，临海的爱丁堡遇到细雨纷飞的天气时更添一分寒凉。在雨中，坐落于老城区的皇家植物园格外幽静，满园植物被充分浸润，红、白、黄、棕，缤纷的色彩一扫秋天的肃杀，更多了几分斑斓。这座收集了世界上数万种高等级植物的园林，18 世纪初建时仅有一块网球场那么大，而且以药用植物为主。园区内有一片被命名为"中国山坡"的区域，种植着来自中国，更多的是喜马拉雅和横断山脉区域的植物。

　　从昆明出发，辗转北京、伦敦，再到苏格兰的爱丁堡，现代化的交通工具让这段跨越大洋的万里行程不足 24 个小时。很难想象，早在 18 世纪，一批又一批的植物学家、探险家从英国的不同港口出发历经数月到达印度，然后从陆路进入喜马拉雅山区，最远的深入到横断山脉的原始丛林。历经海上的恶劣天气、危险的暗礁、陆路的泥泞和断崖，克服种种艰辛的同时，昆虫蚊蝇的造访更是猝不及防，还有疾病、饥饿，对远方亲人的思

阳光下的花朵轻盈、
曼妙地摇曳顾盼，
薄如蝉翼的花瓣绚烂多姿，
一生中唯一的盛放
带着决绝的浓烈。

念如影相随。这群被称作"植物猎人"的探险家，将采集到的植物标本、种子运回英国本土——让这片原生植物十分有限的国度拥有了世界上最大的植物园——邱园，以及爱丁堡皇家植物园。

这是一场几乎席卷全球的"寻找植物"的狂潮，中国是探险家和植物学家们主要目的地之一，其中，横断山脉更列首位。横断山脉的特殊气候条件让这里成为了植物庇护所，如今开遍英伦的番红花、雪山报春、龙胆、杓兰、紫堇都有着横断山脉植物的基因，这些在特定的海拔环境下才会开出的蓝色花朵——通透深邃的蓝、跳脱活泼的红蓝、神秘高贵的蓝紫、洛可可式的粉蓝、雨过天青似的蓝……以绿绒蒿最为著名，也最令"植物猎人"们神魂颠倒，尽管盛开在高原的绿绒蒿不止蓝色，还有红、黄、粉和紫色，但还是被称为"蓝色精灵"。植物分类学家林奈还曾误将它命名为"欧洲罂粟"，因为绿绒蒿有着罂粟花相近的花形和质地。直到 19 世纪初，绿绒蒿才被独立列属，与罂粟归为同科。绿绒蒿属有 48 个种属，除西欧绿绒蒿外都分布于青藏高原及周边地区，仅中国就有 38 种。

著有《中国，世界园林之母》的英国植物学家威尔逊最先发现绿绒蒿。1905 年，他携带 510 种树种，2400 种在中国采集的植物标本返回英国本土，为表彰他的成就，英国政府为他颁发了一枚用 5 块纯金和 41 颗钻石特制的胸针——以全缘绿绒蒿为原型设计的"黄色喜马拉雅罂粟花"。他在日记中这样记述四川巴朗山的花海："在海拔 11500 英尺以上，华丽的全缘叶绿绒蒿开着巨大的、球形的、内向弯曲的黄花，在山坡上盛开，绵延几英里。千万朵无与伦比的绿绒蒿，2 ~ 2.5 英尺高的、耸立在其他草本之上，呈现一片景观宏大的场面。我相信再也找不到一个如此夸张豪华的地方。"他被眼前的景象吸引，为此不吝溢美之词，甚至将这种植物视为他的"植物情人"。七月，海拔3000～5000米的高寒之地，绿绒蒿盛开了，阳光下的花朵轻盈、曼妙地摇曳顾盼，薄如蝉翼的花瓣绚烂多姿，一生中唯一的盛放带着决绝的浓烈。

威尔逊不是唯一进入横断山的植物学家，继他之后，乔治·福雷斯特、金敦·沃德等人也相继而来，也都无一例外地在面对绿绒蒿时为之倾倒。金敦·沃德在《绿绒蒿的故乡》一书中写道："在藏传佛教中，度母是观世音菩萨化身的救苦救难本尊，她手中被藏族人叫作'乌巴拉花'的仙草就是绿绒蒿。"藏药药典里，记载乌巴拉花具有清热解毒、利尿、消炎、止痛的功能，用于治疗肝脏和肺部疾病。花朵开败后，按不同部位、种类与不同的药物配伍，有的限于花朵部分，有的全株入药，但"乌巴拉花"是否就是绿绒蒿，并没有确凿的记载。

秋日，那个细雨绵密的清晨，我在爱丁堡植物园的"中国山坡"上看到一朵正在开放的绿绒蒿，标识牌上写着"Old Rose"。这是一种我从未见过的绿绒蒿，红色花朵在一片凋敝的萧瑟中尤其美艳，不远处还有几朵紫色龙胆静静地开放着，它们都来自中国，来自横断山脉深处。

迷迭香

　　"你要去斯卡布罗集市吗？那里有芫荽、鼠尾草、迷迭香和百里香，代我向一位姑娘问好，她曾经是我的爱人。"《斯卡布罗集市》的旋律响起，便想起英格兰北部波澜不惊的海滩、明媚的阳光、人流涌动的集市。斯卡布罗集市出售的香料里，除了芫荽，鼠尾草、迷迭香和百里香对于中国人来说都有些陌生。这些原产于地中海的植物，是欧洲人日常烹饪中必不可少的香料。烤鱼、烤肉，甚至烤土豆，加一点儿香料可以祛除肉脂的腥味，混合了香气的食材更能提升食欲。在欧洲，路过城市香料店，总是被商店里满货架五颜六色的香料吸引，但绝大多数的香料都不认识，更不知道该如何使用。英国有句古谚：哪儿飘着迷迭香味，哪儿就有主妇当家。

西汉，张骞打通了汉朝与西域的商路，大量原产于地中海的植物种子沿丝绸之路进入中国，其中就有迷迭香和芫荽，从此中国人的餐饮中有了芫荽这种香料，迷迭香却成了随身香囊里的填充物。"佩之香浸入肌体，闻者迷恋不能去，故曰迷迭香。"同时到来的还有大蒜、百里香、芥末。"去枝叶而特御兮，入绡縠之雾裳。附玉体以行止兮，顺微风而舒光。"被迷迭香的气味迷醉了的才子曹植，为这种远道而来的植物写下了《迷迭香赋》，只是不如《洛神赋》流传久远，连同这篇淹没在浩瀚文学史中的诗赋，迷迭香的浓郁香氛也淡出了中国人的日常生活。

播种了一堆香料种子，两周左右开始有细细密密的绿色冒出土层，因为粗心，撒种的时候没有做好标记，长出来的嫩芽一时也分不清究竟是百里香还是迷迭香。好友索性把自己种的迷迭香送给我。移栽到地里的迷迭香，数月后长成了半人高的小灌木，暗灰色、驳裂的主干上又发出好大一蓬，针状叶片附生于枝杆，向阳的一面呈苍绿色，另一面则是粉白。常绿迷迭香不需要太多照料就能葱郁茁壮。春来夏往，秋天会开蓝紫色小花，但也不过是样貌平常的植物，混在一堆绿植里平淡无奇地生长。

读书或者写作累了，喜欢跑到院子里，在迷迭香上摸一把，手掌便有一股奇香流溢——混合着松木和果实的香气，还夹杂了些微的辛辣，闻后顿觉神清气爽。有时干脆摘一枝放在书桌上，让香气环绕氤氲不散，好像思绪也随之喷薄而至。莎士比亚曾在剧中写道："迷迭香是为了帮助回忆，亲爱的，请您牢记。"西方的文化传统中，迷迭香无处不在：睡美人的传说中，迷迭香唤醒了沉睡中的美人；14世纪那场"黑死病"浩劫中，迷迭香是预防瘟疫的药物；16世纪的欧洲，作为代表永恒生命、爱与追忆的迷迭香是墓地常见的植株；地中海的航海史上，迷迭香是"海上灯塔"，它的特殊气味引导迷航的船只顺利返航；在玛利亚的遗体旁，迷迭香的蓝紫色小花染蓝了耶稣的袍子，充当着人间与天界之间的媒介，让灵魂通往天堂；婚礼上，迷迭香被编进新娘头上的花环，或者作为新郎的胸花代表忠贞。更多的时候，迷迭香被散在等待烤制的食物表层，增加食物诱人香气，法餐对迷迭香的运用更是出神入化。

西餐的流行，让中国人重新认识了这种来自欧洲的植物。看着愈发浓密的一丛迷迭香，不甘心只是闻其香，于是，找来迷迭香面包的方子。把混合了迷迭香碎的鲜牛奶揉进面粉里，发酵完成、整形后的面团放进预热好的烤箱。10分钟后，一股奇香从烤箱里弥漫开来，是小麦面、奶脂和浓郁的迷迭香混合的香气，外焦里软、甜而不腻、焦而不糊的迷迭香小餐包，与清晨的阳光，开启了一个新的日子。

蜀　葵

约友人去爬滇西的云峰山，极目远眺，高黎贡逶迤于云海中，绵延跌宕、起起伏伏的山峦是一幅浓淡相宜的中国水墨。正沉醉于美景，听见友人唤我，她已转到山顶道观一侧，让我去看道士们种的蜀葵。她酷爱花草，自家庭院里各种花木高低错落，看草木花开花谢、果实硕硕是她人生最大的乐趣。蜀葵被她种在院门前，长成一道漂亮的藩篱，从播种到开花不过半年光景，有意让我也种些，但实在不喜欢这种高可达丈许的植物。嫌蜀葵不如花形相似的木瑾、扶桑来得婀娜，硕大的花朵攀缘着直指云霄的枝叶，盛放时恣意生长成一根红彤彤的草木，少了些摇曳风姿。大概就这个缘由，蜀葵得了个"一丈红"的别名。

道观旁不到一人高的两株蜀葵，花已开得烂漫粲然，最特别的是胭脂红的花色。"这颜色真是醉了。"好一个"醉"字，真真是恰如其分，不是令人沉浸的醉，不是酒精导致的醉，是花木浸淫在高原冬日暖冬中的酣畅之醉。与这胭脂红相比，粉红、青白、鹅黄就显得寡淡了许多。虽说，胭脂红是蜀葵中的极品，但如果没有这高原早晚温差和强烈日光，怕也不至红得如此沉醉。

中国的植物命名没有参照"林奈的双名命名法"，而是以高度凝练的文字概括植物形态或产地。比如紫荆是花朵紧贴树枝开放，似一根紫色荆条；蜡梅则因花瓣质地似蜡质。望文生义，蜀葵便是原生于蜀地。蜀葵花季是 6 ~ 8 月，正值麦收时节，所以有的地方又叫"大麦熟"，云南很多地方叫作"公鸡花"，大抵是花朵形似公鸡顶冠，红艳艳又洋洋自得。也有植物学家提出，"蜀，为大义。"所以并不指代原产地，而是形容植物壮大之美，与民间的"一丈红"倒也异曲同工。

汉代就入驻皇家园林的蜀葵，唐朝已开遍华夏山川，除了北方冬天难以令喜阳植物平安越冬，蜀葵实在是最平易的植物。风把种子吹到哪里，就在哪里存活，发芽抽枝恣意盛放。唐宋两朝的文人骚客为它留下不少名篇。"昨日一花开，今日一花开；今日花正好，昨日花已老。始知人老不如花，可惜落花君莫扫；人生不得长少年，莫惜床头沽酒钱。请君有钱向酒家，君不见，蜀葵花。"乍一看，实在不像出自岑参之手，他可是写过"忽如一夜春风来，千树万树梨花开"的边塞诗人，但这首《蜀葵花歌》倒也朴素自然，表面感叹蜀葵花旧花未老新花怒放，实际是警示世人人生苦短，戛然而止的诗句是诗人面对时光飞逝，欲言又止的无奈。所以未入唐诗三百首，也收进了《全唐诗》。

花开花落，原本就是自然法则，诗人们触景感发的不过是淤积心中的情愫，面对植物本身倒显得多余。作为草本植物的蜀葵，除了花开时盛大美艳，还是可食之材。物质匮乏的时代，小伙伴吸吮花朵底部蜜汁的往事还历历在目，嫩叶也曾充当过居家餐桌上的时蔬，植株更有清热解毒的功效，连扁平如豆的花籽也是一味利尿良药。也有的地方，小孩子利用花瓣黏液将花瓣黏在脑门或者鼻尖，装扮成骄傲的公鸡，是没有电脑游戏的一代人的童年乐趣。

"眼前无奈蜀葵何，浅紫深红数百窠。能共牡丹争几许，得人嫌处只缘多。"陈标是唐代一众诗人里岌岌无名的一位，但这首《蜀葵》即令他名留青史，清人袁枚在《随园诗话》里记载了这样一则诗坛旧事：某青年写了首四百行的"怀古诗"，请袁枚指点。"予笑曰：子独不见唐人《咏蜀葵》诗乎？其人请诵之。曰：能共牡丹争几许，被人嫌处只缘多。"蜀葵可与牡丹一争高下，可惜蜀葵种子随处而安，无须费心照看、无人赞美也要盛开，这盛大的美丽也就不如牡丹来得矜贵了。袁枚以诗评诗也是一处妙笔，可古往今来，又有多少人体会其中的真义。

不论人间词话如何褒贬，这蜀地之花只是自顾自地应季而开、烂漫成海，又有谁能无视这盛大的美丽？

剥掉薄薄的外皮，咬一口，使劲一吸，满口的汁液，果肉软糯酸甜。

树　番　茄

　　家门口的两棵树番茄是前房主种下的，已经一两米高，绿色心形的叶片脱落后在灰色树干上留下许多对称的疤痕，沿着疤痕的印迹往上看，树顶浓密的叶片簇拥成大大的一蓬。房子交接时，仔细盘点过院子里的花花草草，只是很快也就忘了它们的名字，觉得等开出花、结出果自有分晓。当时已过秋分，门口的两棵树番茄依然浓郁地绿。深秋的高原上，有的植物也枯萎冬藏，等着下一个春天来临，比如苹果树、石榴树已脱落得只剩下光秃的树杆。

　　还没立春，发现门口的树番茄竟挂了果，大概三四个挤挤搡搡地在一起，松叶绿的果实小小的，有新生的艰涩质地。另一棵也已经开花，喇叭状的小花淡粉的洋葱紫，躲在两米高的树叶间不易发现。果实的样子我是熟悉的，是小时候常吃的鸡蛋果，但印象中前房主说的是另一个名字——树番茄。

小时候，县城生活最快乐的事就是跟着母亲去赶集。每周一次的集市，七里八乡的村民会带来蔬菜、水果、鸡鸭和山货，一字排开有两三里地那么长。好像全县人都出动了，过节似地挑选着一周所需的食材，有时也会买些居家的器具，比如竹编的簸箕，或者原木的小凳。每次集市里都有鸡蛋果卖，对于日常居家来说，是荤素菜品极好的配料，还是可以补充维 C 的水果。这种原产于秘鲁、智利一带的植物，连树番茄（tree tomato）这个名字也是由英语直译过来的，但这座滇西南的偏远县城叫作鸡蛋果。卵形的果实从最初的松叶绿，渐变成紫色，当果实呈红中带橘就完全成熟了。当地家庭有新生命诞生时，有给亲戚朋友们送喜蛋的习俗，煮熟的鸡蛋染成红色叫作喜蛋，"有喜同乐"的意思，喜蛋跟树上的鸡蛋果长得一模一样。相邻县却叫它缅茄，或许命名缅茄的人认定这种果实与缅甸有某种地缘关系，秘鲁、智利对于他们来说，实在是个遥不可及的存在。

　　后来，在海南吃到过另一种也叫作鸡蛋果的果实，不仅外形、果肉，连肉质的口感都像一枚没有蛋白的熟鸡蛋。从此，我认定"鸡蛋果"的名字应该还给这枚生长在热带的果实，而我认识了几十年的鸡蛋果应该叫回树番茄，虽然这有点难。树番茄像西红柿般的多汁，只是口味更加酸爽，傣族地区多用树番茄来做楠咪（当地人对自制蘸料的统称）的主要原料，比起用大米或高粱为原料制成的食用醋，树番茄的酸更为柔和、醇厚，味觉层次也更加丰富。

　　那个地处偏远的县城属于亚热带气候，一年四季都不缺水果，比如芒果、西瓜、菠萝，但树番茄依然最受孩子们欢迎。放学回家，厨房里一通翻找，总能找到一两枚熟透的树番茄，剥掉薄薄的外皮，咬一口，顾不得果汁正顺着手掌淌，使劲一吸，满口汁液，果肉软糯酸甜，炎热夏天最为解渴。最羡慕农村同学，家家都种着树番茄，树上总有青的红的果实。母亲常发现预备用来做配料或凉菜的树番茄不见踪迹。因为怕挨骂，我总把过错都推给想象中的老鼠，那老鼠也不知背了多少"锅"。

最喜欢母亲用树番茄加工的那道凉菜。树番茄放在炭火上慢慢烤，高温中薄薄的果皮发出噼啪的爆裂声，这时有好闻的果胶香味传出，同烤的还有皱皮辣（一种云南特有的辣椒品种，肉质略厚，微辣）和茄子，把去皮的食材一同捣烂、撕碎，拌入蒜泥、花生碎、芫荽，盐和糖少许拌匀，再浇上一勺红彤彤的辣椒油，柠檬黄的树番茄果肉、绿的辣椒、紫的茄条、白的蒜泥，色香味俱全的凉菜送走了夏日炎炎中的焦躁。如果再加一点鸡枞油，酸甜爽脆的滋味中便多了一股醉人的异香。母亲去世后，凉拌树番茄这道家常菜也退出了我的生活，一是工序繁杂琐碎，二来不是炭火烤的树番茄，再难有妈妈的味道。

碧绿的树叶间黄灿灿、圆滚滚的果子，实在是应了金秋的景。

香　橼

　　"扣关无僮仆，窥屋唯案几。"西山访隐者叩门无人应答，隔门只见案几。源于佛事供养的案几大抵是中国特有的家具，老派一些的中国人家里总要摆设用于清供的案几。"清供"强调一个"清"字，花、草、果、奇石、文玩配以美器，供奉天地、圣贤、祖先，或以岁朝、瑞阳、中秋之名，抑或是寿诞、婚喜之际，又或者只是为日常居家、书斋案头增添些雅致情趣，也借草木馨香颐养心性，发展出中国人特有的清供习俗。松、竹、梅、荷是清供案几上的常物，取其义，也观其形，佛手柑的加入则多了些气味的乐趣。

　　在植物繁茂的云南，香橼不过是寻常之物，尤其湿热的滇南，居家庭院里常种有这种常绿植物，花、果、叶俱香，一阵风过能传很远。香橼树挂果时，碧绿的树叶间黄灿灿、圆滚滚的果子，实在是应了金秋的景，果子挂在树上可以四五个月不掉。家里有远道而来的客人，摘下来切成片，白嫩的果肉镶着一道金黄的薄边，果皮有柠檬香气，不能吃也不好吃，果肉蘸着野生蜂蜜，绵软口感中伴着淡淡清甜。有人喜欢这种清淡的滋味，也有人嫌寡淡无趣，主人就会劝道：香橼理气、化痰，对身体有宜。于是，客人欣然笑纳。也有把香橼做成蜜饯的，被蜜糖浸渍过的果肉呈琥珀色，滋味与别的水果蜜饯已相差无几，是乡下孩子的零食。

佛手柑是被人工干预了生长形状的香橼，凹凸不平的外表和浓郁的气味与香橼无差，长成佛手状的香橼被赋予了文化含义，除了嗅其味、观其形，更重要的是取其义。"谢益斋奕礼，不嗜酒，尝有'不饮但能看醉客'之句。一日书余琴罢，命左右剖香橼作二杯，刻以花，温上所赐酒以劝客。清分蔼然，使人觉金樽玉斝皆埃壒之矣。香橼似瓜而黄，闽南一果耳。而得备京华鼎贵之清供，可谓得所矣。"南宋人林洪将近百种宋人"清供"与饮馔的制法编撰成集，其中就有"香橼杯"一节。一个不饮酒的人却想出以香橼制杯的法子，除了取其香气醒酒的功效，突出的是士人的日常风雅。林洪的《山家清供》或旁征唐诗宋词，或者博引用典，详述炮制之法的同时，更是借此称颂"不羡轻肥，自甘藜藿"的生活态度，所谓"清供"无不浸淫了精巧与雅致，更是文化精神的隐喻。

经济富足、文以载道的两宋，以"香橼杯"饮酒供文人雅士玩赏，在南方不算奇货，在物产稍显贫乏的北方，香橼便矜贵了。《醒世姻缘传》里写道"一两八钱银买了四个五指的佛手柑，又鲜又嫩，喷鼻子的清香"，换算成今天的人民币，几百元一个的佛手柑简直是天价水果，当然不舍得刻制成酒杯。佛手柑又极不易保存，新鲜摘下来的果子要放在清洁无尘的地方，即便置放不动，用不了多久也会生霉变质，香味也就散了，哪还经得起把玩。宋以后兴起的文人画中，香橼或佛手柑与梅、菊、奇石一起入画，倒是可以历久弥新、相看不厌，便成了清供画中常见的元素。

每年秋后，香橼成熟季节，香橼或佛手柑就混在当季瓜果蔬菜中，在菜场里出售，总要各买一二，香橼切成片，蘸不蘸蜂蜜都是极好的吃食，不蘸的果肉更凸现清香，加了蜂蜜的果肉清香中多了些蜜意，倒也互补融合。佛手柑则用来摆放在客厅或者枕边，保存得当香气持续数月，比化学合成的清新剂味道自然醇厚，而且无害。只可惜，现在的佛手柑不如早些年的气味浓郁，但堆得多了不免俗气，有违"清供"的"清"了。

四 · 冬青

水 仙

　　春节前后，从南到北的中国家庭都会养一两盆水仙。敞口的瓷盆不用很深，把球状的水仙根茎埋入盆中细碎水磨石子里，清水盖过石面，然后等待花开。不经意间，蒜瓣似的根茎开始冒出葱绿新芽，茁壮蓬勃地直立着，有应景的赶在春节临近，月牙白的花瓣开始在新绿丛中绽放，深处的鹅黄花蕊溢出沁人的清香

　　"天仙不行地，且借水为名"。水仙花不似牡丹般富贵雍容，也没有"梅妻鹤子"的孤冷傲雪，胜在超然淡泊、雅而不凡的气韵，所以有了个正式的名字：中国水仙。如李渔之言，"妇人中之面似桃，腰似柳，丰如牡丹、芍药，而瘦比秋菊、海棠者，大大有之；若如水仙之澹而多姿，不动不摇，而能作态者，吾实未之见也。"清新而不失风流，大抵就是水仙般的美人了。

　　然而，中国水仙不容易养殖，连续数年，兴冲冲地买来花球，每日往花盆里添水，白天移到朝阳的露台让阳光照射。花期逼近，收获的却是一

丛苗壮的绿叶——被讥笑养了一盆做不得配料的"蒜苗"，连年如此。

某年春节，从福州出发，然后莆田、泉州、厦门，沿海岸一路往南，到漳州已是舟车劳顿，一头倒在宾馆的床上酣然入梦。第二天推门出去，一股浓淡相宜、艳而不俗的香气扑面而来，盖过春寒料峭里那丝未及散尽的寒凉。循着香味找去，清晨薄霭里一排盛放的水仙花，白花黄蕊仙子似的翩然。

当地朋友见我欢喜，便允诺以后每年给我寄漳州水仙种球。之后每年春节前都会收到一箱来自漳州的水仙花球，布满大大小小创口的球根包裹在蘸满药水的棉花里，像刚从外科手术刀下重生的患者。小心剔除药棉，放进花盆的碎石里每天用清水养着，春节前后，便有姿态卓越的花朵绽放。漳州水仙不仅花开得多，精湛的雕刻工艺更让每株花球呈现不同的造型，这无疑是春天最好的礼物，尤其是在干燥、冷凛的北方。

水仙的故乡远在地中海，英伦人最爱春天的水仙。面对盛开的金黄色水仙，华兹华斯写下那首传世之作《咏水仙》：

我孤独地漫游，像一朵云

在山丘和谷地上飘荡

忽然间我看见一群

金色的水仙花迎春开放，

在树荫下，在湖水边，

迎着微风起舞翩翩。

华兹华斯借水仙抒写了他的"浪漫主义的自然观",为了远离城市的浮华而避居湖区,在自然中获得心灵的平静与慰藉。

唐朝,水仙随商队远涉重洋来到中国。"中国水仙"之名就是用以区分欧洲水仙。欧洲水仙,每株只开一朵花,色彩丰富,花型大且多重瓣,不似中国水仙以花繁叶疏为胜。

唐朝以来,水仙花开始了它的本土化历程,从唐帝都长安循着客家人南迁的路径——两浙、江西,然后到达福建。花卉种植原本是温饱后的精神慰藉,点缀的是富裕生活的日常乐趣。随南迁的客家人,水仙寻到一处好归宿:土地湿润、气候温暖,加上巧手用心的客家人,成就了漳州水仙的美名。

中国古诗中自然少不了以水仙为题的作品,其中宋人黄庭坚的"凌波仙子生尘袜,水上轻盈步微月"最为著名。"凌波仙子"典出曹植的《洛神赋》,那位"凌波微步,罗袜生尘"的洛神定格了中国文人心中的美貌女子,也成了中国古典诗歌中的独特意象。水仙,这株于春寒料峭盛放的草本植物，自带"含香体素欲倾城，山矾是弟梅是兄"的冰清玉洁之气，被文人墨客们赋予了清雅不俗的"人格"魅力。宋代画家的笔下，更是与梅花并举，以傲雪幽香的"双清"成为传统人文画常见的题材。但黄庭坚笔锋一转："坐对真成被花恼，出门一笑大江横。"所谓"修身、齐家、治国、平天下"，虽有"凌波仙子"在侧，最终还是胸怀天下。

在欧洲传统里，水仙花是希腊少年那喀索斯的化身。少年深陷一场无法解脱的爱情，终日徘徊水边，竟爱上了水中自己的倒影，憔悴而终化身水仙。于是，湖畔兀自开放的水仙便带着挥之不去的孤寂，这倒与中国的"凌波仙子"遥相呼应。

冬　樱　花

　　有年 4 月得了个去日本出差的机会，都说机会难得因为赶上日本樱花季，我却不以为意。云南也有樱花，开得还要早些，3 月又有个妇女节，女人们便要约定一个日子去樱花最盛的公园拍照留念，赏樱也成了节日传统。野生樱花出自喜马拉雅一带，早在秦汉已引种宫墙之内。唐朝，樱花只是寻常之物，不过诗人们大多是借樱花盛开感叹时光荏苒，或者借此表达惜别的感伤。终归不如竹菊梅，或者莲花，能够成为文学意象进入传统。晚到江户时代才开始驯化培植野生樱花的日本，不仅将最初的几个野生品种发展成三百多个品种；而且，从短暂的花期、怒放后的凋零发展出"物哀之美"，继而加入武士道精神，"花为樱木，人则武士"——樱花成为日本民族的精神象征。

　　初春的日本，从冲绳、伊豆、富士山、京都、奈良，再到北海道，从 3 月直到 5 月，樱花开遍山野、公园、街道、河渠，所到之处像是笼罩了一层

十二月，北国正值大雪纷飞，
云南昆明、大理街头的冬樱花
已经灿若烟霞。

迷蒙的薄雾。周末是举家出游赏花的日子，樱花树下席地而坐，在漫天飞扬的花瓣里吃着寿司聊着家常，或者乘船去看河道两岸的樱花、乘火车看山野美景，连夜晚也有晚樱可以欣赏，为的只是抓紧不过十来日的赏樱时节。暖春后一阵风雨，花便落尽。这短暂的灿烂、这决绝的谢幕、这颓废与绚烂都被写进了日本文学，太宰治、三岛由纪夫便是其中的代表。

有人说，樱花代表的"转瞬即逝"不符合中国人的价值取向，长寿、安康、祥和才是我们的文化主流，松柏常青、仙鹤延年是大众的精神寄托。所以，野生于喜马拉雅的樱花，沿长江流域到达日本岛，最终成为了这个国家的国花。

云南占了得天独厚的优势，四季花开不断，冬樱花就是无雪高原上应季而开的花卉之一。是的，除了早春二月的樱花之外，还有一种赶在立春之前开放的樱花——冬樱花，这是云南独有的品种，有学名为证：云南早樱。

12 月，北国正值大雪纷飞，云南昆明、大理街头的冬樱花已经灿若烟霞。红艳的重瓣花朵在枝头挤挤攘攘，远远看去像天边的一片火烧云，被高原蓝天陪衬成一幅高饱和度的艳丽画作，像春天提早发出的讯息，一扫冬季萧瑟的苦寒，人也不由得振奋欣喜起来。更有一座原本并不知名的滇西小镇，因在依山坡而建的茶园中穿插种上了冬樱花，意外成了冬日游人趋之若鹜的新景点。起初，茶园主人担心高原的炽烈阳光会晒坏茶树，于是在茶树间穿插种上樱花树，希望茶树能被夏日的绿荫庇护。高原城市以冬樱花做巡道树也是出于同样考虑。与别的樱花不同，冬樱花结一种紫红椭圆的果子，悬在绿叶间玲珑喧闹，惹得行人忍不住要摘来品尝，结果全然不是樱桃的味道，又酸又涩，弃之唯恐不及。

一种新的赏樱传统正在形成，冬天来大理古城、南涧樱花谷看色艳花大的冬樱花，春天去武汉大学赏浅粉樱花。此时，长江以北的北京玉渊潭也有樱花盛放。中国人赏樱带着春天来临的喜悦，南涧樱花谷又被称作"春天最早到达的地方"，蓬勃向上的欣喜溢于言辞之间。"昨日雪如花，今日花如雪。山樱如美人，红颜易消歇。"即便"红颜消歇"也有绿荫承续、果实满枝，生命的丰盈中更有一种豁达的态度。

兰　花

　　从没有想过自己会养一盆兰花，印象里，兰花不仅价高，而且娇贵不易种植。不知从何时起，春节期间亲朋好友之间以互赠兰花为新礼俗，相赠的兰花多为台湾近些年培育的蝴蝶兰，花大而丰腴，连同叶片也营养过剩似地肥厚。"紫气东来"——蝴蝶兰深紫色花瓣大抵能预示新一年的好兆头，摆在家中，添一分气色也是值得，所以即便价格不菲也颇受追捧，花期数月盛放不衰，有时竟看得腻烦了。

　　中国人奉松、竹、梅为"岁寒三友"，又说"竹有节而无花，梅有花而无叶，松有叶而无香，唯兰独并有之。"梅、兰、竹、菊"四君子"，寄寓傲、幽、澹、逸的品格。兰花在中国已不单纯是一种草本植物，所谓气之动物、物之感人、由物及心，兰花早已幻化为一位品格高尚、气节有度的君子。

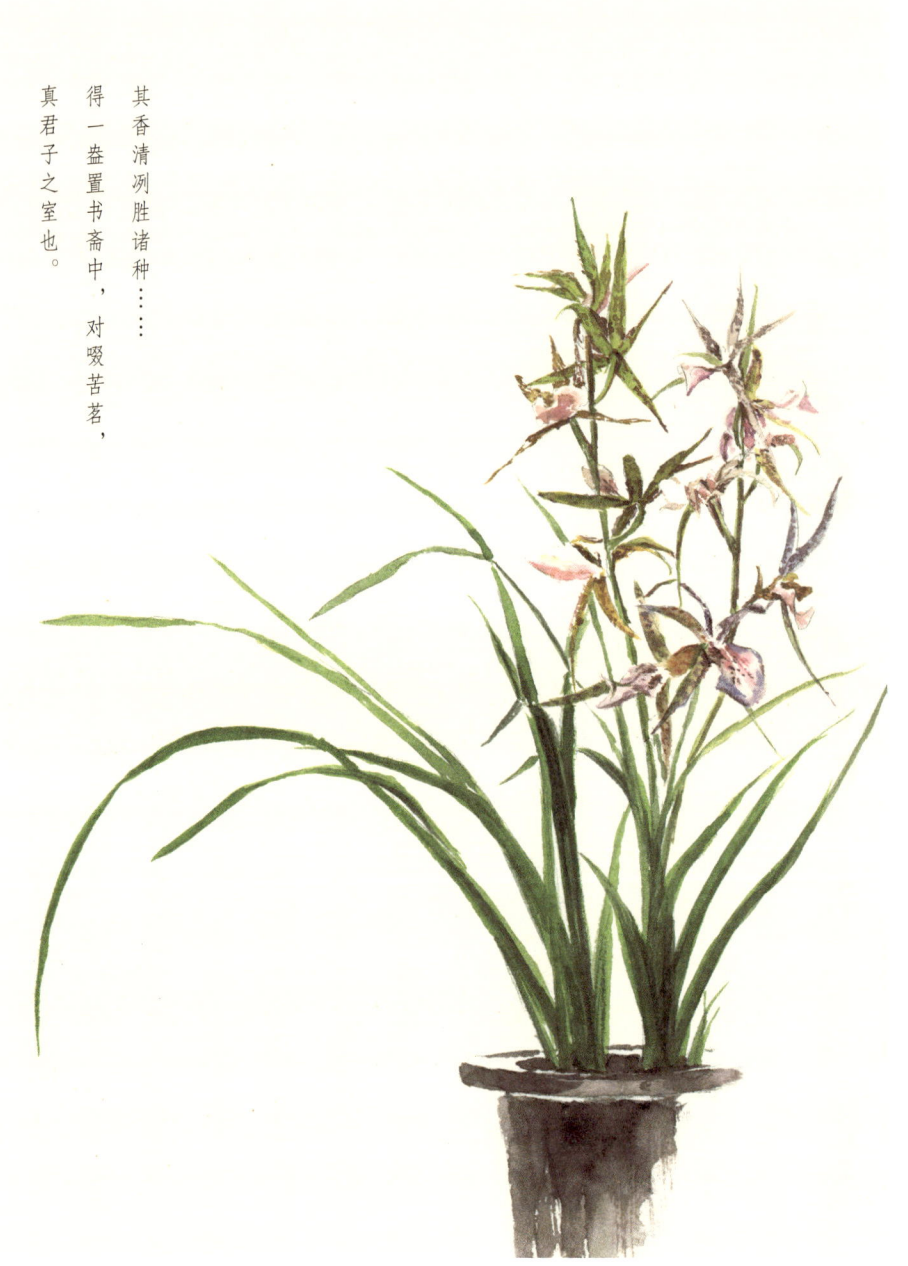

其香清冽胜诸种……
得一盎置书斋中，对啜苦茗，
真君子之室也。

　　喜阴湿的兰花多长于密林中，即便热带兰花也是附生于乔木或灌木树上的，如此寂寥的环境中，兰花应季而开、花香幽远。中国人很早就注意到兰花的芳香之气，《礼记》说"诸侯执薰，大夫执兰"。作为祭祀中的一种介质，兰香可通达上天，以表达对先人的爱戴。屈原更是直接以兰作为配饰、用兰汤沐浴、折兰枝作桨，诗人以瑰丽诡谲的想象铺展了中国古典文学中的浪漫写作，他热爱自然的美好之物，也表达了自己远离污浊世俗的人生理想，独立高洁的人格追求。以洁癖著称的倪瓒曾经题诗："秋风兰蕙化为茅，南国凄凉气已消；只有所南心不改，泪泉和墨写离骚。"

　　生于深谷的兰花在于一个"幽"字——叶片纤细但不失坚韧；花瓣素雅但馨香阵阵。淡雅、暗香、高洁才是兰蕙的气韵，所以，"兰心蕙质"是对女子极高的赞誉，这样的女子无论样貌和品行都堪称上乘，字意中还透着些许平等的尊崇。冰雪聪明、玲珑剔透、贤良淑德，也是称赞女子聪慧，可多少也有些男权社会居高临下的价值评判。如果面对一株正在绽放的素心兰，就更能明白"兰心蕙质"的含义。

　　"素心兰，叶秀而健，高尺许。一茎数花，镂冰琢玉，皎洁无瑕。其香清洌胜诸种，迎年而开，经久不谢。点缀新景，娟娟怡人。得一盎置书斋中，对啜苦茗，真君子之室也。"明万历年间的《云南通志》尽数描述了素心兰的花形、香味、习性，连处置的地方也做了说明，的确，气、色、神、韵俱清雅的素心兰最适合书斋清供，再配一盏氤氲甘洌的普洱茶，这样的书房自然是读书人最佳的去处。

　　中国兰花的分类十分繁复，仅大类就有春兰（草兰）、蕙兰（九节兰）、建兰（秋兰）、墨兰（报岁兰）和寒兰，开遍四季。属于春兰类的素心兰以大理洱源人最擅养殖，而远在广东普宁的铁骨素心兰，从花形来看，虽有几分相近，花开时铁骨素心兰更为繁盛，大理素心兰更见柔中刚毅的雅致。

一眼就喜欢上朋友书桌上的那盆素心兰。朋友爱兰成痴，数度进入深山、密林、沟菁，乐此不疲地采兰种兰，守着心爱的品种可赠予但不出售，至今守着一园子一岁一繁花的兰草恬淡度日。见我喜欢便诚意相赠，用棉纸连盆带花缠得层层叠叠，防止长途颠簸可能的损伤。

隔天又发来信息，悉数交代注意事项：兰花喜阴、潮湿，勤浇水确保根部湿润，切忌不洁水源接触植株，尤其分叉处。"兰蕙丛出，莳以沙石则茂，活以汤茗则芳。"北宋的大书法家黄庭坚对兰花种植也颇有心得，以苔藓覆盖，既可以保持兰草之根湿度，又可美化盆景，这些经验始终是种植兰花的法则。历史上关于兰花的专著不少，种植兰花的过程在古人看来是修身养性、立君子之德。"手培兰蕊两三栽，日暖风和次第开。坐久不知香在室，推窗时有蝶飞来。"这首《咏兰》并非出自名家，但却道出了君子植兰与爱兰的心境。

原本就缺少种花经验，加之居住的楼房不通透，所种植物每每始于鲜活茂盛，终于残花败柳。来自云岭深处的素心兰也没逃过此劫，开过一次花后，便呈黄叶枯败之相，继而由黄转黑，请教养兰能手，只说从未见过此种状况，无力施救。不得已移至室外，终究是枯萎至死。"居处一定，则当美其供庙，书画炉瓶，种种器玩，皆宜森列其旁。但勿焚香，香薰即谢。匪妒也，此花性类神仙，怕亲烟火，非忌香也，忌烟火耳。"李渔说兰花要置于书房，配以各种器玩，看来并非附庸风雅，是兰草"不食人间烟火"的仙性所需。这段文字终于解了心头之惑，只是素心兰无法复生了。

中国画里，郑板桥、吴昌硕、潘天寿、齐白石以画兰著称，清人王概所画的《芥子园画谱》中的兰花，在水墨浓淡的转圜间，兰花的淡雅、清丽、孤傲跃然纸上。"芝兰生于深林，不以无人而不芳。"想起《孔子家语》中关于兰花的论述，恍然大悟，他最终要说的是，"君子修道立德，不为穷困而改节。"

疏影横斜水清浅，
暗香浮动月黄昏。

梅　花

　　中国人对梅花的喜爱根植于文化基因，这种原产于中国南方的野生植物，早在汉代已被驯化。据传，汉时修建上林苑，朱梅、胭脂梅就与其他远方来献的名花异树一同记录在册。宋朝的《梅谱》，作为世界上第一部梅花专著记录了 12 个梅花品种，加之人文画的兴起，赏梅、画梅、寄情于梅成为中国画的重要分支。清人王概的《芥子园画谱》更以前人画作心得为基础，编著成了中国画入门级的教科书，成为日后许多国画大家的启蒙读物。"梅兰竹菊"单撰一册，从画梅的传统说起，梗、枝、叶、花、蕊、芽、花萼、全树的画法逐一详解、示范，可谓面面俱到，以历朝诸家范本作结，供初学者临摹、研习。"贵稀不贵密，贵老不贵嫩，贵瘦不贵肥，贵含不贵开。"所谓"梅韵四贵"，早已超出画梅守则，成为中国人的赏梅要诀，龚自珍的《病梅馆记》也写梅，重点还在针砭时弊。

　　植物学中，蔷薇科杏属的梅花有别于同属的小乔木，深秋落叶后才开始孕育花蕾，待寒冬凛冽白雪飘飞时，粉的、红的、黄的、白的花瓣绽放枝头。枯裂嶙峋的树干上，梅花自有清高冷艳之美，此时万物沉沉冬眠，冬梅孤绝傲然盛放。所谓"梅花香自苦寒来"，对应"宝剑锋从磨砺出"，古往今来，被众多出身贫寒的成功人士奉为座右铭，大概算是较早，也是传播较广的"鸡汤警句"。

寄情山水、讲究意境的中国文人更是借物抒情，"朔风如解意，容易莫摧残。"（崔道融）"遥知不是雪，为有暗香来。"（王安石）"零落成泥碾作尘，只有香如故。"（陆游）"知方寒梅过野塘，久留金勒为回肠。"（李商隐）"疏影横斜水清浅，暗香浮动月黄昏。"（林逋）信手拈来写尽梅的色、香、形、韵，连探梅的时令也包括其中，成为了中国文学的母题之一。隐居孤山、梅妻鹤子的林和靖对梅花的挚爱无人可敌，杭州孤山原就是赏梅胜地，而终身植梅一株，另有鹤子相伴的生活真正称得上高洁出尘、清和淡雅。所以朱熹对林逋也发出"宋亡，此人不亡，为国朝三百年间第一人"的赞誉。

曹雪芹的《红楼梦》里，梅花是人情练达、爱恨纠葛的大观园里一个穿针引线的道具。园内众人的第一次聚会便是由赏梅饮酒而起，宝玉微醺后卧于秦可卿榻上，梦见的是"春梅绽雪"一般的警幻仙姑。而"寿阳公主梅花妆"说的是"宋武帝女寿阳公主，人日卧于含章殿檐下，梅花落公主额上，自后有梅花妆。"的典故，传说，寿阳公主脱胎于梅花精灵，是为正月花神。栊翠庵是大观园里唯一有红梅盛开的去处，"顺着山脚刚转过去，已闻得一股寒香拂鼻。回头一看，恰是妙玉门前栊翠庵中有十数株红梅如胭脂一般，映着雪色，分外显得精神，好不有趣！"宝玉两度入庵虽是为庵主妙玉，也都是借梅花之故。第一次与黛玉一同寻访"槛内人"

山家除夕无他事，
插了梅花便过年。

妙玉，出生于苏州"香雪海"的妙玉，自然懂得梅花的种种妙处，她用收集自梅花上的雪化成的水烹茶，招待两位冰清玉洁、超凡脱俗的人儿。每每读到此处，仿佛有茶香清冽怡神扑面而来。第五十回中宝玉再次前往栊翠庵，"芦雪庵争联即景诗，暖香坞制春灯谜"中贾宝玉赋诗落第，被罚栊翠庵折枝供众人赏玩。"原来这枝梅花只有二尺来高，旁有一横枝纵横而出，约有五六尺长，其间小枝分歧，或如蟠螭，或如僵蚓，或孤削如笔，或密聚如林，花吐胭脂，香欺兰蕙，各各称赏"。寥寥数语写尽了寒梅之态，果然是大家之笔力。另外，第三十九回、六十三回中，曹雪芹更是借书中人物之口，引出了梅花之名的出典和苏堤六桥赏梅的盛景。

同为清人的龚自珍对梅花则有着完全不同的观点，三百多字的《病梅馆记》表面是抨击文人画士的病态审美，实则是托梅议政，"有以文人画士孤癖之隐明告鬻梅者，斫其正，养其旁条，删其密，夭其稚枝，锄其直，遏其生气，以求重价，而江浙之梅病。"作者以一介书生的微薄之力"穷予生之光阴以疗梅也哉！"即便无足够多的田产或财力，"甘受诟厉，辟病梅之馆以贮之。"如此拳拳之心，当为后世表率。

院前的两棵梅花，立冬后红梅仅剩一树枯枝，不见花苞，另一株素心梅却偶有花朵绽放。蜡质的花瓣，迎着光有种剔透的美，浓郁的香气引得来来往往的邻人驻足，每每赞叹梅香诱人。其实，蜡梅与梅花连远亲都算不上，一株属蔷薇目，另一株则归于樟目；一为灌木，另一为乔木，因为花形相似、花期相近，于是含混成了近亲，统称为"梅花"。汪曾祺在《岁朝清供》中写道：曾见一幅旧画：一间茅屋，一位老者手捧一个瓦罐，内插梅花一枝，正要放到案上，题目"山家除夕无他事，插了梅花便过年。"
这才真是"岁朝清供！"单等年前红梅开了，也摘一枝清供。到那时，蜡
梅已经谢了，花瓣飘零成泥，不似红梅花会一直留在枝头，凝成另一番
景象。

茑与女萝，
施于松柏。

松　萝

　　"到达中午休息的营地之前，我们穿过了一片杉树林。这些天不断地重复着从峡谷底上升到松树林，然后是杉树林，再然后只剩下灌木丛和地衣类苔藓，再往前只有垭口上嶙岣的岩石。翻过垭口后，所有的景象如录影机倒带一般反着再来一遍。像眼前这片被松萝紧紧包裹着的杉树林并不多见，这是我们见到的面积最大的一片松萝林，成片成片的松萝坠满整个山坡的杉树。这种质地轻柔的、悬垂的，像海马毛绒线的松萝缠满每一棵杉树，像是杉树林间一层淡绿的雾霭。风起时，空中轻柔曼舞的松萝让林间的静谧更添一份如梦如幻的迷离。松萝是附生于云杉和冷杉的藤类植物，因为它对生长环境的要求极高，空气中任何一点污染都会令它无法存活，所以在高海拔且阴暗潮湿的林中才能见到。松萝是滇金丝猴最喜欢的食物，但这种长着厚厚的红嘴唇、金色长毛的小精灵轻易不会出现在人类的视野中。外转和内转的山路上都看到过松萝，藏民们说这是献给卡瓦格博的哈达。我们从杉树间、松萝下小心穿过，担心惊扰了这片静谧的绿色迷雾。"

这段文字摘自《遇见，卡瓦格博》一书，算是我完成外转心愿后的一本旅行笔记。我以一个汉族人的眼光观察并记录了梅里雪山的草木和风情，现在读来不免惭愧，撇开笔力不逮，仅就松萝的知识便有不实之处。

查了一些资料，知道松萝是藻类和菌类混合体的多年生地衣植物，在地衣门这种低等级植物中，松萝属的分布最为广泛，从《诗经》《楚辞》《汉书》直到唐诗中都有描述和记载就可以知道，松萝曾经附生在不同地区的不同植物之上，并且有许多不同的名称，比如松落、龙须草、树须草、树挂、海风藤、老君须等。

"茑与女萝，施于松柏。"《诗经·尔雅》只是描述了这种被称作女萝的植物附生于松柏的状态。《楚辞·九歌·山鬼》中，屈原则将女萝披挂在山鬼女妖身上，使得这位在中国文学史上美艳不可方物的女鬼更多了些魅惑与妖娆，"若有人兮山之阿，被薜荔兮带女萝。"唐朝元稹在《梦游春》写过："朝蕣玉佩迎，高松女萝附。"近代文人古直的"女萝附松柏，妄谓可始终"也借诗言志。可见，被古人称作"女萝"的松萝曾经广泛生长于华夏大地，现在却是珍稀植物。"因为这种植物对于大气中的二氧化硫反应敏感，自然成为了监测大气污染的指示物。"

迪庆州的腹地——白马雪山保护区里，游人可以最近距离地观察滇金丝猴，这种长着性感红唇的精灵非常惹人怜爱。保护区为让游人能近距离地看到它们，组织了一支护林队，成员都是当地村民，每天清晨四点出发，到滇金丝猴聚居地用特殊食物引诱它们到达指定的观看点。松萝就是这种特殊食物，也是滇金丝猴的主要食物来源，这也许就是精灵们远离人类居住的原因之一。因为环境保护意识的淡漠，松萝产量正在锐减，保护区护林员为了采集松萝长途跋涉，但还是随时面临断供，与此同时，竟有餐馆以松萝作为食材制作菜肴吸引食客。《本草纲目》里专门记述过松萝的药作价值——松萝所含的松萝酸具有抗菌作用，西南地区也有"海风藤"入药的传统。松萝作为食材原本无可厚非，但对于滇金丝猴来说无疑是雪上加霜。

　　人类不加节制的贪欲正在加剧环境的脆弱，作为人类的一分子，每个人都需要反省。

修长的树形，配合银灰的浅绿叶片，自带高冷气质。

桉　树

　　树下等人，风吹过响起一阵沙沙的声音，抬头看见桉树叶在风中飞舞，树叶与风冲撞的声音愈加显出周遭的空旷。即使在南方的冬天，常绿乔木仍然有种特立独行的意味，树干笔直向上，斑驳脱落的树皮说明树龄不短。桉树原产于澳大利亚，据说桉树叶是考拉的食物，不仅常绿还极易种植，可是根系过于发达，以至于桉树的周围没有其他植物的生存空间，因此得了个"抽水机"的恶名，连同特殊气味惨遭有"毒"的质疑。植物界里，长相与气味往往是一种伪装，桉树不仅没有毒，提取的精油还是香水和化妆品里常用的添加剂。一旁的园丁介绍："这种树枝含油，用来引火非常好用。"

　　桉树让我觉得十分亲切，读小学时，这座城市里有许多桉树，校园里就有一棵，粗壮的树干四五个小朋友也未必能够合抱。它一直站在学校院墙边的角落，茂盛的树冠伸出院墙，上学路上，远远地就能看到。树下总有一层厚厚的落叶，狭长的树叶是浅浅的绿色上加一层灰，像一条条老旧的小小的独木舟，落叶间还有陀螺状的果子，极袖珍的果子和树叶都有一种奇怪的味道，有点像过了期的猪油，但又不至于那么坏。说不出为什么，就是喜欢桉树的气味。那时城市的巡道树，除了梧桐，就是桉树。梧桐树有巨大的树冠，梧桐的树枝能长成一条绿荫的甬道。桉树又高又直，好像一柄柄长剑，宁折不弯。现在还有一些路段留着桉树，已经长得很高，很少分枝杈的树干孤孑地矗立在路边。有阵子流行过桉叶糖，一种三角形的硬糖，水果糖的甜中夹杂着浓浓的桉叶味，现在一闻到桉叶味就想起那种糖。桉叶糖很快就不见了，问过许多人都不记得有过这种糖果，以至于我一度怀疑记忆出错。

这些年，鲜花市场多了不少用来陪衬鲜花的配叶、配草，比如松针、凤尾、满天星，桉树叶也在其中，低饱和度的灰绿色桉叶最适合烘托鲜花的娇艳。作为花材的桉树叶多是圆形的，虽然不是我熟悉的狭长形叶子，气味也淡了很多，但仍然像重逢老友熟悉而又亲切。

卖花的年轻人纠正说："这是尤加利树叶。"仿佛这样便能摆脱桉树的乡野气和"抽水机"的恶名。有人别具审美，把两三枝尤加利树叶插进造型简约、水泥质感的花瓶里，清高脱俗的气质与现代简约的家装风格最配，而且不像鲜切花那般娇贵，只要不缺水，慢慢委顿的树叶卷曲着也别有情趣。还有人干脆用盆栽尤加利树装饰家居，修长的树形配合银灰的浅绿叶子自带高冷气质，是偏工业风家居的最佳搭配。

翻看沈从文和汪曾祺的文章，这对有着西南联大背景的师生，写过许多与昆明有关的文字，桉树就在其中。沈从文说"桉树有万金油气味，微辛而芳馥。"汪先生则写道："……树叶厚重，风吹作金石声。尤加利树木理旋拧，有一个特殊的用途，作枕木，经得起震，不易裂。现在枕木大都改成钢或水泥制造的了，这种树就不那么受到重视了。树叶提汁，可制糖果，即桉叶糖。爱吃桉叶糖的人也不是很多。"这段文字证实了桉叶糖的存在，而我就是那种极少爱吃桉叶糖的人，但风吹过，没能听出"金石声"。